光文社文庫

風《ふう》塵《じん》乱《らん》舞《ぶ》

アルスラーン戦記⑥

田中芳《よし》樹《き》

光　文　社

目次

主要登場人物

・パルス

アルスラーン……パルス王国第十八代国王《シャーオ》アンドラゴラス三世の王子

アンドラゴラス三世……パルス国王

タハミーネ……アンドラゴラス三世の妻でアルスラーンの母

ダリューン……アルスラーンにつかえる万騎長《マルズバーン》。異称「戦士のなかの戦士《マルダーンフ・マルダーン》」

ナルサス……アルスラーンにつかえる、元ダイラム領主。未来の宮廷画家

ギーヴ……アルスラーンにつかえる、自称「旅の楽士」

ファランギース……アルスラーンにつかえる女神官《カーヒーナ》

エラム……ナルサスの侍童《レータク》

ヒルメス……銀仮面の男。パルス第十七代国王オスロエス五世の子。
アンドラゴラス三世の甥《おい》

ザンデ……ヒルメスの部下

サーム……ヒルメスにつかえる元万騎長《マルズバーン》

暗灰色《あんかいしょく》の衣の魔道士《まどうし》……？

ザッハーク……蛇王《へびおう》
キシュワード……パルスの万騎長。異称「双刀将軍《ターヒール》」
告死天使《アズライール》……キシュワードの飼っている鷹《シャヒーン》
クバード……パルスの万騎長。片目の偉丈夫《いじょうふ》
ルーシャン……アルスラーンにつかえる中書令《サトライプ》
イスファーン……亡き万騎長シャプールの弟。異称「狼に育てられた者《ファルハーディン》」
ザラーヴァント……アルスラーンにつかえるオクサス領主の息子。強力《ごうりき》の持主
トゥース……アルスラーンにつかえる元ザラの守備隊長。鉄鎖術の達人
アルフリード……ゾット族の族長の娘
メルレイン……アルフリードの兄
グラーゼ……ギランの海上商人
シャガード……ギランに住むナルサスの友人

・ルシタニア
イノケンティス七世……パルスを侵略したルシタニアの国王
ギスカール……ルシタニアの王弟。国政の実権を握っている

モンフェラート
ボードワン
} 将軍
エトワール……本名エステル。ルシタニアの騎士見習の少女

・シンドゥラ
ラジェンドラ二世……国王《ラージャ》。アルスラーンの友人と自称している
ジャスワント……アルスラーンにつかえるシンドゥラ人

・トゥラーン
イルテリシュ……先王の甥。父はダリューンと闘い斬《き》られた
カルルック
ジムサ
} 将軍

・マルヤム
イリーナ……マルヤム王国の内親王《ないしんのう》

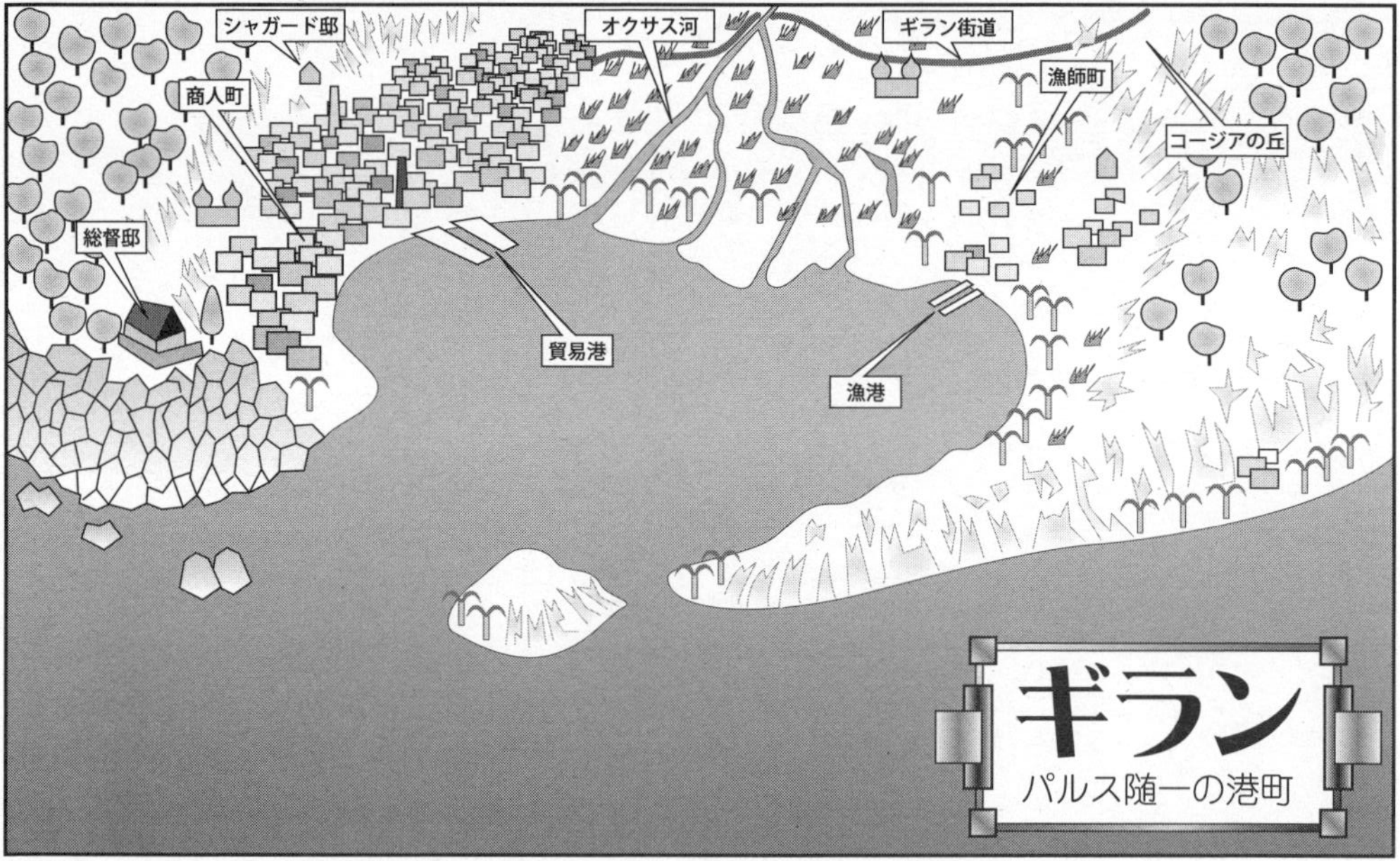
ギラン
パルス随一の港町
シャガード邸
商人町
総督邸
貿易港
オクサス河
ギラン街道
漁師町
漁港
コージアの丘

第一章　陸の都と水の都と

I

強烈な夏の光が地に陽炎《かげろう》をゆらめかせている。見あげると空は青く、その全体が光りかがやく円盤となって地におおいかぶさってくるようであった。月も星々も姿を隠し、太陽が疲れて西方の寝所《しんじょ》へおもむくまで、ひたすら待っているかとも思われる。

パルス暦三二一年六月二十日。

パルス国の王都、「うるわしのエクバターナ」は六月下旬の陽《ひ》の下にまどろんでいるかに見える。だが、街はまどろんでも、街に寄生する人間どもは、快い眠りに身をゆだねることができなかった。エクバターナを占領するルシタニア人たちは、ことに、心の平安から遠かった。

ルシタニアの王弟殿下であり、事実上の最高権力者であるギスカール公爵は、三十六歳の精力的な顔に、にがにがしげな表情を満たして、執務室のなかを歩きまわっている。つい先ほど、宮廷書記官が彼のもとを訪れたのだ。不吉な顔つきで、書記官は、不吉な報告をもたらしたのである。

「いよいよ水が不足してきております。水がなくては、戦うことはおろか生きることさえできませぬ。いったいどうしたらよろしゅうございましょうか」

水が不足することは、冬のころからわかっていた。大司教ボダンがギスカールと決定的に対立し、マルヤム国へ逃げ出す際に、用水路を破壊していったからである。水の重要性を承知するギスカールは、かなりの人数を動員して用水路の修復をはかったが、なかなか思いどおりにいかなかった。パルスの優秀な水利技術者たちがルシタニア軍に殺されてしまったこと。水利技術の書物がボダンによって焚書《ふんしょ》されてしまったこと。兵士たちが安楽な生活になれて、苦しい工事をいやがるようになったこと。パルス軍の全面攻勢がはじまって、貴重な兵力を工事にまわすだけの余裕がなくなったこと。さまざまな理由がかさなって、修復工事はまだ予定の半分もすんではいなかった。

いちおうパルス人三万人ほどを駆りたて、鞭《むち》と鎖《くさり》を使って工事をさせているが、パルス人たちが喜んで働くはずがない。ことに、ルシタニア軍が再三にわたってパルス軍に敗れたとの報が伝わってからは、逃亡する者や反抗する者があいついだ。

逃亡や反抗に対して、見せしめのために罰を強化する。片手を斬り落としたり、片目をつぶしたり、さらには、首まで土に埋めておいて頭に肉汁をかけ、飢えた犬をけしかける、などということまでした。このような見せしめが残虐になればなるほど、パルス人のほうではルシタニア人に対して反感と憎悪を強める。まことに、出口のない迷路を歩むような状況であった。

「どこかで断ちきらぬことには、どうしようもないな。いつになったら落ちついて……」

落ちついて王位簒奪《さんだつ》にとりかかれるやら。そう思ったが、さすがに口には出せなかった。先日、役たたずの兄王イノケンティス七世をパルス王宮の一室に幽閉したが、まだ殺すだけの決断はつかない。いや、もはや殺すしかないが、問題はその時機であり、誰に国王殺害の罪をかぶせるかであった。その点をきちんとしないかぎり、ギスカールとしては、最後の決断を下すことができないのである。

善処を約束してひとまず書記官を帰すと、すぐにつぎの客があらわれた。ギスカールの一日は、客との接見で午前中が終わってしまう。ひとりの客に長時間つきあってはいられない。あらたな客は、パルスの甲冑《かっちゅう》をよろった長身の男であった。

「随分とお困りのようでございますな、王弟殿下」

ていねいだが毒のこもった声は、銀色の仮面から洩《も》れてきた。この男がパルス第十七代国王《シャーオ》オスロエス五世の遺児であり、ヒルメスという名であることを、ルシタニア人としては、ギスカールだけが知っていた。ヒルメスとギスカールは、ともに王族であり、それぞれの国王を憎み、王位を自分のものにしようと図っていたのである。似た者どうし、といわれれば、ヒルメスもギスカールも、さぞ腹をたてたことであろう。内心ひそかにそう思っているだけになおさら。

地下牢《ディーマース》に幽閉されていたアンドラゴラス王が王妃タハミーネとともに脱出した。ギスカールを人質としてのことだ。その事実を知らされたとき、ヒルメスは一瞬、呆然《ぼうぜん》とし、ついで怒り狂った。当然のことである。彼が策謀のかぎりをつくし、武勇をふるってようやくとらえた仇敵《きゆうてき》に、まんまと逃げ出されてしまったのだから。

「失礼ながら、王弟殿下にしては不手際なことでござるな。アンドラゴラスごとき無力な囚人にしてやられるとは。それとも、ルシタニア軍がよほどに弱いのでござろうか」

ヒルメスは必死に怒りと失望を抑えている。だが、不本意であるのはギスカールも同様であった。アンドラゴラスのために人質とされ、鎖で縛りあげられて床に転がされるという屈辱をなめさせられたのである。あげくに、いかにも無能者らしくののしられては、おもしろいはずがなかった。吐きすてるように、ギスカールは答えた。

「いかにも不手際は認めざるをえぬ。だが、最大の失敗はアンドラゴラスを生かしておいたことだ。さっさと奴を殺しておけば、逃げられることもなかったものを、よけいな差出口をはさんで奴を生かしておくよう主張した者がいたばかりにな」

「……私のせいだとおっしゃるのですか」

ヒルメスの眼光が、銀仮面ごしにギスカールの顔をえぐった。ギスカールはたじろいだが、そのたじろぎを表面にはあらわさずに答えた。

「そうはいわぬ。どのみち、正しかったのはあのボダンだけというわけだ。皮肉きわまることだがな」

たくみにあしらわれて、ヒルメスは怒気をそがれる形になった。いずれにしても、両者とも、この場で決裂することは避けたかった。

「ボダンめが不在なのは、こうなると幸いでしたな」

ヒルメスは、いささか不器用に話題をそらせた。わざとらしくギスカールもうなずく。

ふと重要なことに気づき、ヒルメスは今度は本心から、べつの話題を持ち出した。

「すると、アンドラゴラスの小せがれはどうしたのでござる。父親と行動をともにしておるのでござるか」

「そこまではわからぬ。確実なことは、アンドラゴラスが全軍の兵権を回復したということだ」

あの恐るべき男が精強なパルス兵を、それも大軍をひきいてエクバターナへ殺到してくる。その光景を想像すると、ギスカールの全身を悪寒《おかん》の槍《やり》がつらぬいた。ギスカールはけって臆病《おくびょう》な男ではない。だが、アンドラゴラスに対する恐怖は、憎悪と同じていどに強かった。

とんでもない計算ちがいを、ギスカールはしてしまったのだ。アンドラゴラスとアルスラーンとが兵権をめぐって対決し、パルス軍は分裂する。そう見ていたのに、アンドラゴラスはあっさりパルス全軍を掌握してしまい、アルスラーンは追放されてしまった。ギスカールが離間策《りかんさく》を弄《ろう》する暇もありはしない。アルスラーンとやらいう王子も、何と柔弱《にゅうじゃく》な少年ではないか。

そのようなわけで、いまやギスカールは、アルスラーンに対して利己的な怒りをいだいているのであった。

ヒルメスとしても思案のしどころであった。このようなとき誰でも考えるのは、アンドラゴラスのパルス軍とギスカールのルシタニア軍とを嚙《か》みあわせ、共倒れにさせるという策略である。だが、ギスカールにしてみれば、アンドラゴラスとヒルメスの共倒れこそが理想であるにちがいない。彼らはたがいに相手の本心を察知している。そして、相手をまったく信頼していない。しかも皮肉なことに、彼らはこと策略に関しては相談する味方がおらず、自分ひとりの力に頼らねばならぬ。さらにさらに、彼らは目下のところたがいを完全に敵にまわすわけにいかず、表面的には同盟関係を守らねばならない。

何とも奇怪な、両者の関係であった。ギスカールは表情を消し、ヒルメスは仮面の下に表情を隠して、ひとまず対面を終えたのである。

II

思うに自分は欲をかきすぎていたかもしれぬ。いささか苦々しく、ギスカールは認めざるをえなかった。パルスを掠奪《りゃくだつ》するだけ掠奪しておいて、さっさと故国ルシタニアへ凱旋《がいせん》してしまったほうが、あるいはよかったのかもしれぬ。だが、それでは、ルシタニアの未来も小さなものだ。掠奪した財貨を喰《く》いつぶせば、またぞろ貧乏国に逆もどりするだけではないか。何とかパルスの富を永続的にルシタニアのものにしなくてはならないのだ。

「それにしても、ルシタニアにも人材がおらぬわ。もっとも、それだからこそ、おれが権勢を独占することができるのだが」

ギスカールは苦笑した。

ボードワンやモンフェラートは、騎士としても将軍としてもりっぱな人物であるが、政治や外交や策略や財政といった方面にはうとい。彼らを戦場へ送り出した後は、国政のすべてをギスカールひとりの手で処理しなくてはならなかった。もしボードワンやモンフェラートがパルス軍に敗北したら、いよいよギスカール自身がパルス軍の矢面《やおもて》に立たねばならぬ。どうやらその日も遠くはなさそうであった。

ギスカールの頭痛の種はつきなかったが、それがまたひとつ増えたのはその日の午後のことである。昼食後、ギスカールは異例の接見をした。貴族や騎士や役人ではなく、無名の兵士たちと会ったのである。ルシタニア国内でもとくに貧しい北東部出身の兵士たちの代表が四人、王弟に面会を求めたのであった。

「王弟殿下、私らは故国《くに》へ帰りたいのです」

ギスカールの前で床にはいつくばった。そしてそれが、発言を許された兵士たちの第一声であった。ギスカールは無言で眉《まゆ》を動かした。これまで間接的に耳にしていた噂《うわさ》を、はっきり聞かされることになったわけだ。いかにも貧しい無学な地方の農民、という印象の男たちを見まわして、ギスカールはうなずいてみせた。

「故国へ帰りたいとな。もっともなことだ。この身とて故郷への思いがある。いずれは帰りたいと考えておるが……」

それだけを口にして、ギスカールは相手の反応を待った。兵士たちは、顔を見あわせたあと、口々にいいたてた。

「異教徒や異端の者どもを百万人以上も殺しましたし、何と申しますか、その、神さまに対する義務もちっとは果たしましたで、そろそろ帰りたいと思いましてな」

「わしなんぞ、異教徒の女を三人と、子供を十人ばかり殺しましただよ。この前も、酒の代金を払えなどとぬかす異教徒の赤ん坊を、地面の石にたたきつけて頭をぶちわってやっただ。これだけのことをしたら、もうとっくに天国へ行ける資格があると思いますだよ」

けろりとした言種《いいぐさ》に、ギスカールは思わず声をあげてしまった。

「赤ん坊を殺しただと？　なぜそのように無益なまねをした！」

すると兵士たちは不思議そうにまばたいた。顔を見あわせ、さらに不思議そうに問いかける。

「何で怒りなさるだね。異教徒を根だやしにして地上に楽園を築くことが、神さまのご意思でなかっただか？」

「そうだそうだ、いい異教徒は死んだ異教徒だけだ、と、司教さまもおっしゃっただ」

「異教徒に情けをかけるなんて、悪魔に魂を売るこった。王弟殿下とも思われねえことをおっしゃるだな」

ギスカールは布告を出して、異教徒といえどもむやみに殺さぬよう命じた。だが、この兵士たちは字が読めず、布告の内容を知らなかったのだ。ギスカールとしては、とんだ手ぬかりであった。とっさにどう返答すべきか、ギスカールが迷っていると、

「だから王弟殿下、エクバターナにいる異教徒どもを、ひとりのこらず皆殺しにするですだよ」

恐るべき台詞《せりふ》を、淡々と、兵士たちは口にした。

「エクバターナにいる百万人の異教徒どもを、女も子供も、みんな殺してしまうだ。そうすれば神さまも、おらたちの信心を認めて、もう充分だ、と、そうおっしゃるにちがいないだ。さっさと奴らを皆殺しにして、一日も早く故郷に帰るだよ」

「この狂人どもめ……」

心のなかでギスカールはうめいた。

だが、彼らの狂気と妄信《もうしん》を利用して、ルシタニアから遠くパルスまで征服の道を歩ませたのは、ギスカール自身である。そうでもしなければ、ルシタニア人を故郷から切り離して遠征させることはできなかったのだ。何年も前に飲ませた毒薬が、まだ効いている、というわけだった。

「何と、自分でつくった縄で、自分が首をしめられることになったらしいわ」

ギスカールは憮然《ぶぜん》とした。頭痛がしてきたので、彼は、どうにか兵士たちを口先でなだめて、ひとまず退出させた。問題をつぎつぎと先送りすることは、ギスカールの本意ではなかったが、この場合なだめておく以外の方法がなかった。

無人になった部屋で、豪華な絹ばりの椅子に身を沈めると、ギスカールはむっつりと考えこんだ。酒を飲む気にもなれず、彼は陰気にひとりごとをつぶやいた。

「やれやれ、こんなざまでは、あるいは生きて故国へは帰れぬかもしれぬ」

ここまで悲観的な思いに駆られたのは、ギスカールとしても初めてのことであった。

「いや、とんでもない。全軍の半《なか》ばを失っても、おれひとりはルシタニアへ生きて帰ってやる」

あわててそう自分に言いきかせる。そしてまた、ぎくりとした。生きて帰る、という考えが、すでにして敗北主義というやつではないか。ギスカールは大きく呼吸した。まず戦って勝つことを考えるとしよう。たとえ野戦で敗れても、エクバターナの城壁は難攻不落だ。何とか水だけは確保して籠城《ろうじょう》も可能な態勢をととのえるのだ。そして、アンドラゴラスを自滅させる手段を講じる。必ず奴めに思い知らせてやるぞ。

勢いをつけて、ギスカールは椅子から立ちあがった。さしあたって、先ほど彼のもとへ押しかけた危険な狂信者どもをエクバターナの城外に出してしまうべきだ。その思いつきを実行するために、彼はボードワン将軍を呼びよせることにしたのだった。

エクバターナの地下深くには太陽もなく、四季の変化もない。黒々とした闇《やみ》がわだかまり、空気は冷気と湿気に満たされている。土と石が幾重《いくえ》にもかさなって、地上からの光をさえぎり、地上からの支配を遮断《しゃだん》しているのであった。

とはいえ、完全な闇もまた忌避《きひ》されるものであるらしく、その部屋には小さな光源があって、弱々しい病的な光を周囲に投げかけていた。その光が、魔道士のまとう暗灰色《あんかいしょく》の衣を、ひときわ不吉なものに見せるのであった。

魔道士をかこむ弟子たちも、同色の不吉な衣に身をつつみ、周囲の暗黒から流れこむ無色の瘴気《しょうき》を吸いこんでいるかのようであった。兇々《まがまが》しい沈黙が破れ、ひとりの弟子がわずかに口を開いて「尊師」と呼びかけた。

「何じゃ、グルガーン」

「ヒルメス王子もなかなか悪に徹しきれぬ御仁《ごじん》のようでございますな」

「当然じゃ。彼奴《きゃつ》はもともと世に正義を布《し》こうとして、事をおこなっておるのじゃからな」

「正義でございますか」

「そうとも、彼奴は正義の王子じゃからな」

悪意をこめて魔道士は笑った。もともと蛇王《へびおう》ザッハークを信仰する教義においては、悪こそが世界の根源である。正義とは、「悪を否定する」存在でしかない。自分以外の者を悪として否定し、武力をもって撃ち滅ぼすというのが正義である。そして正義が大量に血を流せば、それは蛇王ザッハークの再臨を招きよせる悪の最終的勝利にむすびつくのだ。

「六月も残りすくない。月が明ければ、エクバターナは流血の沼地となろう。パルス人とルシタニア人、パルス人どうし、ルシタニア人どうし、ふふふ、いくつもの正義が、対立する者の血を多量に欲することになろうよ」

魔道士はあざけった。自分の正義を証明するために血を流さねばならない地上の人間どもをあざけったのであった。いくつもの誤算はあったが、地上の大勢は、魔道士の望む方向へと流れつつあった。

蛇王ザッハークさまも照覧《しょうらん》あれ。うやうやしく魔道士は心に祈る。やがて愚かしい人間どもの血が滝となってデマヴァント山の地下へ流れこむでありましょう、そのときこそ御身が地上に再臨なさるときでございます、と……。

Ⅲ

夏の陽は、光の滴《しずく》となって一行の頭上に降りそそいでくる。パルス国の中央部を東西につらぬくニームルーズ山脈をこえ、南部海岸への道を進む騎馬の小さな一隊は、王太子アルスラーンと彼の部下たちであった。

総数は八名。アルスラーンの他に、万騎長《マルズバーン》ダリューン、ダイラムの旧領主ナルサス、流浪の楽士と自称するギーヴ、女神官《カーヒーナ》ファランギース、ナルサスの侍童《レータク》エラム、ゾット族の族長の娘アルフリード、そしてシンドゥラ人ジャスワントという顔ぶれである。忘れてならぬのは、彼らの頭上に翼をひろげる俊敏そうな鷹《シャヒーン》で、名を告死天使《アズライール》という。

パルス東方国境に位置するペシャワールの城塞《じょうさい》を出立《しゅったつ》するとき、彼らは甲冑に身をかためていた。だが、炎熱の季節、しかも南方へ向かうとあって、いま彼らは甲冑をぬぎ、麻や紗《しゃ》で織られた白っぽい夏衣をまとっている。彼らの乗る馬が八頭、それに、先日買いこんだ駱駝《らくだ》が四頭いた。

四頭の駱駝には八人分の食糧、甲冑、武器などが積まれている。駱駝の綱《つな》は、エラムとジャスワントが二頭ずつ引いていた。

「十万の軍が八人になってしまったが、補給の苦労がないのだけは助かる」

ナルサスが夏風を頬に受けつついうと、ダリューンが応じた。

「たかが八人の食扶持《くいぶち》に苦労するようでは、ちと悲惨すぎるというものだな」

「身体《からだ》が大きな分、大ぐらいもおるがな」

「誰のことだ？」

「駱駝のことさ。他に誰かいるのか」

「いや、べつに……」

パルス随一の知将と雄将は、何となく、たがいにあらぬかたを眺《なが》めやった。ふたりとも、毒舌が未発に終わってしまったので、つぎには何といってやろうか、と考えているのかもしれぬ。ひとつには、アンドラゴラス王の追手がかかる心配もようやく消えて、気分がなごんでいたのであった。

父王に軍を追われてより七日間、アルスラーンの旅はここまでまず平穏であった。山中で野生の獅子《シール》に出会ったことはあるが、猛獣はつい先ほど獲物の山羊《やぎ》を腹いっぱいたいらげたばかりで、あくびをしながら人間どもを見すごしてくれた。襲われたときと、公式の狩猟のときとを除いては、人間のほうでもやたらと獅子を殺したりしない慣例である。

「庭先を通過させていただく。御身の上に平安あれ」

そう挨拶《あいさつ》して、地上に寝そべる獅子の前を通りすぎたのであった。

それ以外、とくに事件らしいものもなく、一行は、ギランの港町まであと二日、という里標に達したのである。

「すべて世は事もなし」

いささか残念そうにギーヴがつぶやいたが、その感想は早すぎたようだ。一行の姿に影を落とす岩場の奥から、彼らを見おろす男たちがいたのである。

それはいかにも剽悍《ひょうかん》そうな騎馬の一団であった。けわしい岩場で、それほど危なげなく馬をあやつっている。頭部に布を巻き、短衣の下に鎖を編んだ軽い甲《よろい》を着こんでいた。皮膚は陽に灼《や》け、両眼は鋭くきらめいて、戦いと財宝の双方を欲している。人数は四十人ほどであった。砂漠の剽盗《ひょうとう》として知られるゾット族の男たちである。このところ、財布が重くて困っている旅人を助けてやる機会に、彼らはめぐまれなかった。ひさびさの獲物なのだ。

「たった八人ではないか。しかも半数は女と子供だ。恐るべき何物もない。やるか?」

その八人が、パルスでもっとも恐るべき八人であることを知っていれば、剽盗たちは、いますこし慎重になったにちがいない。また、ダリューンが黒衣黒甲に身をかためていれば、「黒衣をまとう戦士のなかの戦士《マルダーンフ・マルダーン》」の噂を想いおこして用心したかもしれぬ。だが、八人ともありふれた旅人にしか見えなかった。馬をはげます声があがり、四十数頭の馬が岩場を駆け下りはじめる。土煙もすくなく、蹄《ひづめ》の音も小さく、たくみな騎乗ぶりであった。

告死天使《アズライール》が、小さいが鋭い叫びをあげて、同行者たちの注意をうながした。十六の目が岩場に向けられる。躍り寄る黒い騎影《きえい》を認めたギーヴが、ファランギースに声をかけた。

「盗賊かな?」

「そうらしいな。やれやれ、好んで火に焼かれたがる虫もいると見える」

「ファランギースどの、じつはおれも胸中に燃える恋の炎で焼け死んでもかまわぬと思っている」

「そうか、わたしはできるなら凍《こご》え死にたいと思っておる。熱いのが嫌いでな」

「なるほど、ファランギースどのは熱い風呂より泉での水浴がお好きか。よくおぼえておくとしよう、ふふふ」

「妙な想像をするでない！」

緊張感のない会話が一段落したとき、八人の人間と八頭の馬と四頭の駱駝とは、剽盗の群に半ば包囲されてしまっていた。こういう状態になる前に、ふつうは剽盗たちに向かって矢が放たれるのだが、今回、弓の名人ふたりが漫才《バハーネ》をやっていたので、他の者もつい弓を手にする時機を逸してしまったのである。いまや彼らの周囲では、四十本をこす白刃《はくじん》が、夏の陽を受けて光の池をつくっていた。

男たちの視線がファランギースに集中し、感歎《かんたん》のざわめきがもれた。

「何と、こんな佳《い》い女は見たことがねえぜ。銀色の月のように、というやつだ。さぞ味もよかろうぜ」

「正直な者どもじゃな。それに免じて赦《ゆる》してやるゆえ、おとなしく立ち去るがよいぞ。生きのびて、そなたらに似あった女性《にょしょう》を探すことじゃ」

ファランギースの台詞は、たいそうまじめなものだったが、男たちは本気にせず、どっと笑いはやした。ファランギースがわずかに目を細める。と、そのときである。

「あたしたちに手を出せるものなら出してごらん。誰ひとり生きてゾット族の村に帰れないからね。酒に濁《にご》った目を見ひらいて、よくあたしの顔を見てごらんよ！」

アルフリードが馬を進め、黒い宝石のようにかがやく瞳で剽盗をにらみつけた。他の七人は、ある者は驚いたように、ある者はおもしろそうにゾット族の少女をながめやった。ファランギースばかりに剽盗たちの人気が集まったので気にさわったかな、と、エラムなどは思ったが、そうではなかった。盗賊たちはアルフリードの顔を確認すると、ファランギースのときとは異なるざわめきを発したのだ。

「アルフリードさまでないか？」

「そうだ、ヘイルターシュ族長の娘さんだ。何と、こんな場所で出会うとは」

男たちのざわめきに満足して、アルフリードは馬上で胸をそらした。

「さいわい、みんなまだ目が見えるようだね。物忘れも激しくなくて、けっこうなことさ。そのとおり、あたしはヘイルターシュの娘だよ。族長の娘に、お前たち、剣を向けるのかい!?」

とくに大声をあげたわけではないが、効果は充分だった。法律も軍隊も恐れぬゾット族の男たちは、はじかれたように馬からとびおりた。剣をおさめ、馬上のアルフリードにむけて、うやうやしく頭をさげる。

あわただしく事情が話しあわれた。

アルフリードの兄であるメルレインは、妹の行方《ゆくえ》を探しに出かけたまま帰ってこない。ゾット族は現在、おもだった六人の年長者が合議制でとりしきっている。一日も早く兄妹のどちらかに帰ってきてほしいのだ、と。

「じゃあ兄貴は、いったいどこへ行ってしまったんだろう」

アルフリードは首をかしげざるをえない。まさか兄がマルヤムの王女と行動を共にしているとは知りようもなかった。パルスは大国であり、国土は広く、街道の数は多い。たがいに連絡がないまま動きまわっていれば、そうそう出会う機会もないということが、アルフリードにはあらためてよくわかった。ゾット族の少女は肩をすぼめた。

「べつに、めぐりあわなくても痛痒《つうよう》を感じるわけじゃないけどね」

薄情に聞こえる台詞を、アルフリードは苦笑まじりに口にした。彼女は兄を嫌っているわけではないが、苦手なことは確かであった。

「そんなことより、みんなに紹介するよ。こちらはアルスラーン殿下。パルスの王太子さまで、あたしはいまこの方の御供《おとも》をしてるんだ」

「王太子……!?」

ゾット族の男たちは仰天して馬上の少年をながめやった。国王だの王太子だのが存在することは知っていても、実物を見たのは初めてであった。アルスラーンを見る目つきは、尊敬に満ちているというより、珍妙な動物を見るような好奇心に満ちている。

「アルスラーンだ、よろしく」

王太子が率直に名乗ると、ゾット族はもう一度ざわめいた。

「おい、聞いたか、ちゃんとパルス語をしゃべるぜ」

「どうやらふつうの人間と変わらないなあ」

アルフリードは赤面し、一喝した。

「お前たち、礼儀をお守りよ。この御方は、いずれこの国の王さまにおなりなんだからね」

ゾット族の男たちは、あわてて地に片ひざをついた。アルスラーンは笑い、彼らに立ちあがらせるようアルフリードにいった。恐縮しつつ立ちあがった男たちのなかで、鼻下と顎《あご》に茶色のひげをたくわえ、左耳に赤黒い傷跡のある男が、アルフリードにささやいた。いささか不満そうであった。

「盗賊だからといって恥じいる必要などありませんぜ。王室は租税と称して国民から穀物をとりあげる。役人どもは賄賂《わいろ》をふんだくる。盗賊と、やることがどう異なるのですかい」

「いままではそうだったとしても、これからはちがうよ。アルスラーン殿下は、よい国をつくろうとなさってるんだからね」

「よい国？」

ゾット族の男は不信の声をあげた。その点は後で説明することにして、アルフリードは他の同行者たちをつぎつぎと紹介していった。万騎長《マルズバーン》ダリューンの名は、ゾット族の男たちをどよめきさせた。そのどよめきが静まらぬうちに、つぎの人物が紹介された。

「こちらはナルサス卿。もとダイラムってところのご領主なんだけど、あたしのいい人さ」

ナルサスが抗議の声をあげる間もなく、アルフリードが結論を口にしてしまった。男たちの視線が、今度はダイラムの旧領主に集まる。品さだめする目つきである。

「なるほど、するとこちらの御仁がいずれは嬢《じょう》やと結婚して、ゾットの族長になってくださるというわけですかな」

「いや、それは……」

ナルサスが何というべきか困っていると、アルフリードがさっさと話を進行させた。

「族長の地位は兄者のものさ。ナルサスは王太子殿下をお助けして宮廷をとりしきることになるんだからね。当然、あたしも、えへん、宮廷におつとめすることになるんだろうし」

「あるときはパルス国の軍師、あるときは宮廷画家、あるときはダイラムの領主、そしてあるときはゾットの族長……」

ここぞとばかり、ダリューンが親友に憎まれ口をたたいてみせた。

「じつに多彩な人生で、羨望《せんぼう》に値するじゃないか、ナルサス」

「そう思うか」

「思うとも」

「では代わってやる。おぬしがゾット族の族長になったらどうだ」

「とんでもない。おれは友の幸福を横どりするような男ではないぞ」

ダリューンが一笑すると、反対方向からナルサスをとがめた者がいる。女神官《カーヒーナ》のファランギースであった。

「失礼じゃが、ナルサス卿、そもそもおぬしがよくない。アルフリードの心ははっきりしておるのじゃ。男のほうが態度をさだめねば、女のほうは何を頼ってよいかわかるまい」

ひと呼吸おいて、さらにつづける。

「心さだまった女性がおるとか、生涯独身をつらぬくとかいうのでなければ、そろそろ真剣におなりになったがよかろうと思う。よけいなこととは承知しておるが」

「そうはいうがな、ファランギースどの……」

反論しかけて、ナルサスは口を閉ざした。美しい女神官の緑色の瞳に、冗談ではすまない表情がたたえられていることを悟ったからである。思えば、ファランギースがミスラ神の神殿に仕えるようになった事情について、仲間たちは何も知らないのであった。何かにつけてファランギースにまつわりつくギーヴも、あえて彼女の過去を問おうとはしなかったのだ。ギーヴ自身のおいたちも沈黙の彼方《かなた》にある。本人が進んで語らぬ以上、それを問いつめるような野暮は誰もがつつしむべきであった。

短い話しあいの時間が持たれた。その結果、アルフリードは王太子に従ってギランにおもむく。連絡があれば、いつでもゾット族は駆けつけるし、アルフリードも所在を明らかにしておく、ということで話がまとまったのであった。

Ⅳ

ギランの港町はオクサス河の河口に位置し、南は無限の大海に面する。パルス最大の港であり、都市としての規模は王都エクバターナにつぐ。王都に較《くら》べると、南方の町としての印象が強い。冬にも雪は降らず霜《しも》はおりぬ。亜熱帯の花と樹木が家々を飾り、四季にわたって赤と緑の色彩が絶えることはない。とくに夏の午後には驟雨《しゅうう》が町を濡らし、涼気と生気をもたらす。ギラン湾は入口が狭く、奥に進むとほぼ円形に水面がひろがって、波《は》濤《とう》や海賊の攻撃を防ぎやすく、まことに理想的な港湾を形づくる。オクサス河が上流の土砂を運んでくるので、四年に一度、河底を浚渫《しゅんせつ》する必要があるが、それ以外は注文のつけようがない。町の人口は四十万に達し、そのうち三分の一が異国人で、町では六十種の言語が用いられているといわれていた。

ギランの市街と港を見はるかすコージアの丘にアルスラーンが馬を立てたのは、六月二十六日正午のことであった。丘の斜面を駆けあがってくる海風が、オレンジとオリーブの葉の香りを運んでくる。紺碧《こんぺき》の海面には、二十をこえる大小の白帆《しらほ》が散らばっていた。青い牧場にうごめく白羊を、それは思わせる。一行のうち、海を見た経験のある者は半分ほどであった。エラムはダルバンド内海のほとりで育ったが、アルスラーンはその内海すら見たことはない。

「あれが海か……」

平凡な一言を発しただけで、アルスラーンはそれ以上、何もいわぬ。何もいえぬ。生まれてはじめて見る広大な水のつらなり、無限にかさなりあう波濤の丘陵に、ひたすら見入っていた。あのかすんだ水平線の彼方に、何十もの国々があって、そこには白い肌や黒い肌の人々がおり、王がいて、王妃がいて、やはり玉座をめぐって争ったり仲なおりしたりしているのだろうか。

アルスラーンにしてみれば、自分の境遇について、多少の感懐がないでもない。つい二年前には、自分がこのような土地にこのような形で存在するなど、想像もしなかった。

アルスラーンの幼少年時代は、まずまず平穏な日々であった。パルスの下町で近所の子供たちと遊びまわり、白いひげの私塾《リカート》の先生からパルス文字《アレフバー》を学び、ときには身を守るための棒術を教えてもらう。アルスラーンを育ててくれた乳母は、美女ではなかったが、温かく、やさしく、陽気で、料理の名人だった。その夫は、才ばしったところはなかったが、実直で頼もしかった。ときおり、夜半にめざめると、夫婦が低声《こごえ》で何やら深刻そうに話しあっていることがあった。会話のなかに、アルスラーンの名がまじって、不審に思ったことはある。だが、ささいなことだった。あの日までは。乳母とその夫が葡萄酒《ナビード》の中毒のために急死し、あわただしく葬儀がおこなわれた日までは。

「……アルスラーンさま、王宮から使者としてまいりました。アルスラーンさまをお迎えにまいったのです」

言葉の意味が、少年にはよくわからなかった。養父母の遺体の傍《かたわら》から、戸口にあらわれた男たちの黒々とした影を眺めやるだけであった。親しくしてくれた下町の人々は、遠くへ追いやられてしまい、甲冑をまとった兵士や馬や馬車の壁が、アルスラーンを包囲しようとしていた。

「王太子殿下、初めて御意をえます」

うやうやしい挨拶。それがアルスラーンにとっては、驚きと危険に満ちた人生の始まりであった……。

ひときわ強い海風が吹きつけて、アルスラーンの前髪を見えない手ではねあげた。強いが心地よい風。これが吹きわたってくれることで、ギランの町は炎熱にあえがずにすむのだ。歴史にも風は必要なのだろうか。停滞し、よどんだ歴史を風が吹きぬける。それによって、国は、あるいは人の世は、あたらしい日々を迎えることができるのだろうか。たとえそうだとしても、その風にアルスラーンがなることができるだろうか。彼はパルス王家の血を引いていないかもしれないというのに！

ふと、傍に馬を立てる女神官《カーヒーナ》と目があった。

ファランギースは、かすかな憂《うれ》いを瞳にこめたようであった。王太子の胸中を知っているのである。わずかに馬を寄せると、美しい女神官はささやきかけた。

「同時にふたつの門をくぐることは、人の業《わざ》にてはかなわぬこと。王太子殿下、まず王都エクバターナの城門をおくぐりになること、それをお考えなさいまし」

王都を侵掠者《しんりやくしや》の手から奪回するのは公事である。多くの国民《くにたみ》が殺され、虐待され、苦しめられているのだから。アルスラーンが出生の謎に悩まされているといっても、生きながら焼き殺されたエクバターナ市民の苦痛に比べれば、もののかずではないはずであった。

そうだ、ものごとには順序がある。アルスラーンがやるべきことは、王太子として、つまり公人として、王都エクバターナを侵掠者の手から奪回することだった。ルシタニア軍をエクバターナから追い出し、国境の外へ駆逐し、パルスの国土と国民《くにたみ》を解放せねばならない。国民を守れぬ王者など王者たる資格はないのだった。

ナルサスもいった。「王の王たる資格は、善《よ》き王たること。ただそれひとつ」と。それに比べれば、王者の血統など問題にならぬ。アルスラーンがどこの何者であるのか、ほんとうは誰の子であるのか。そのようなことを気に病むのは後にしよう。アルスラーンは国法上、正式な王太子であり、王太子としての義務をまず果たさなくてはならなかった。

いまは自分で自分をかわいそうだなどと思っている暇はない！　アルスラーンは、ファランギースに笑いかけると、あらためて部下一同を顧《かえり》みた。

「さあ、ギランの町へ行こう。そこからすべてが始まる」

アルスラーンが先頭にたって馬を走らせはじめると、他の七騎がそれにつづいた。最後尾を四頭の駱駝が、おもしろくもなさそうな顔つきで、のそのそと歩いていく。

丘を下る道は、百歩ほどで石畳に変わった。馬の脚をゆるめ、おりていくにつれて人家がたてこんでくる。人影が湧くように増え、異国の言葉が耳に飛びこみはじめる。

「エクバターナより賑《にぎ》やかかもしれない」

そう思い、新鮮な喜びを感じた。

エクバターナが陸の都であるとすれば、ギランは水の都であった。その富も華やかさも、すべて海から生じるのだ。異国の人、異国の船、異国の物産は、すべて南方にひろがる水平線の彼方からやってくる。ギランは海にむかって、異国にむかって開かれたパルスの飾り窓であった。パルスの華やかさと異国の華やかさが、この町でぶつかりあっている。

ギランの町の明るさ、自由闊達《かったつ》な雰囲気は、この町が国王の居城ではなく商人たちの町であるという点にもよるであろう。国王の任命した総督がギランを統治してはいるが、よほどに重大な事件がないかぎり、町も港も、大商人たちを中心とした自治的な会合によって運営されていた。もし商人として顧客をだましたり、同業者に損害を与えたり、契約を破ったりした者は、商人の団体から追放されてしまう。各種の裁判にしても、殺人とか放火とかいった兇悪な犯罪を除けば、市民たちの間で示談や調停がおこなわれ、かたづけられてしまうのだ。どうしても納得できない者だけが、総督府に訴えることになる。

総督の俸給《ほうきゅう》はきわめて高く、一年間に金貨《デーナール》三千枚である。それに加えて、商人たちから租税を集めると、その五十分の一が手数料として総督の懐《ふところ》にはいる。これが、不景気な年でも金貨三千枚は下らない。多い年には一万枚にもなる。

このように、ギランの総督は、ことさら悪辣《あくらつ》な所業《まね》をせずとも、ごく自然に、ひと財産きずくことができるのである。裁判や調停で手数料がはいることもあるし、異国の商船が、宝石や真珠、象牙《ぞうげ》や白檀《びゃくだん》、竜涎香《りゅうぜんこう》、極上の茶や酒、陶器、絹、各種の香料などを献上する例も多い。また、目に見えぬ形での献上物もある。情報である。

「総督さま、今年の早春にジャンヴィ王国で大きな霜の害がございました。今年から来年にかけて、胡椒《こしょう》と肉桂《にっけい》が値あがりしますぞ」

そう教えられ、総督は金貨千枚を投じて胡椒と肉桂を買い占める。一年後に、金貨は一万枚になって返ってくるというわけだ。

このようにうまい話はいくらでもころがっているが、度がすぎれば商人たちから憎まれる。ほどほどにしておかねばならない。ほどほどにしておいても充分にもうかるのだから。もうけさせてもらった総督は、当然ながら、ギランの町や海上商人たちに好意を持つようになる。総督は国王《シャーオ》の代理人ではあるが、しだいにギランの町と海上商人たちの利益を代弁するようになる。商人たちから見れば、総督を飼ってやっているようなものだ。

現在のギラン総督はペラギウスといい、在任三年になる。かつて宮廷書記官としてナルサスと机を並べていた時期もあるが、親しくはなかった。「そんな奴もいたな」というていどである。

総督は本来、文官職だが、配下に軍隊も持っている。総督府の兵力は騎兵が六百、歩兵が三千、水兵が五千四百、合計で一万に満たない。これに大小の軍船が百二十隻《せき》である。兵力としては、とるにたりない。ギランが平和な町であることを証明するものだが、それだけではない。有力な海上商人たちは、多くの私兵をかかえ、武装商船を所有しているのだ。

軍師であるナルサスは、それにも注目している。いずれパルスにも強大な海軍が必要になるかもしれないのだから。

V

港町であるギランの名物料理は、魚介類を主としたものだ。アルスラーン一行の卓に並べられたのは、香辛料で味つけされた白身魚《パラムート》のからあげ、蟹《かに》の蒸し焼、大海老《おおえび》の塩焼、帆立貝の揚物、魚のすり身をダンゴにして串に刺して焼いたキョフテ、ムール貝の実を多量にいれたサフランライス、海亀の卵をいれたスープ、白チーズ、ムール貝の串焼などであった。飲物は、葡萄酒《ナビード》の他に、サトウキビ酒、リンゴ茶《エルマーチヤイ》、蜂蜜《はちみつ》いりのオレンジのしぼり汁。

それに色とりどりの果物であった。

総督邸を訪れる前に港の料理屋で腹ごしらえとさだまったのは、ナルサスが旧知の者に会おうと思ったからである。港を見おろす料理屋「美女亭《サーキアス》」は、その知人が情婦に経営させている店であるが、ナルサスは彼にも彼女にも会うことができなかった。ふたりで、十ファルサング（約五十キロ）ほど離れた高原の別荘に出かけており、帰ってくるのは二日後になるという。

「では総督府に出かける前に、腹ごしらえをしておきましょうか」

総督の邸宅で食事を出されたとき、あまりがつがつしては、食うにも困っているのか、と軽く視《み》られるかもしれぬ。ばかばかしいことだが、ときには体裁をつくろう必要もあるのだった。

それにしても、万事、先だつものは金銭《かね》だ。

軍資金があれば、軍隊を組織することができる。兵と馬、武器と食糧を集めることができるのだ。ナルサスの見るところ、王太子の陣営に知と勇はすでにそろっているので、富が加わればこわいものなしになるであろうと思われた。じつのところ、ナルサスの所持金も、残りすくないのである。八人だけなら、一年ほどは食いつなぐことができるが、そんなものは意味がない。アンドラゴラス王がアルスラーンに集めるよう命じた兵は五万。五万人を三年ほどは食わせるだけの資金が必要なのであった。金持ちからふんだくる、というのが効率的にもよいのである。

「貧乏人が全財産をなげうっても、自分ひとりすら救うことはできませぬ。なれど、富豪がわずかなこづかいを出せば、何百人もが救われます」

そうナルサスはアルスラーンに話した。ごく初歩のたとえ話だが、事実として完全に正しい。ナルサスとして工夫のしどころは、どうやって富豪どもに進んで軍資金を出させるか、という点にあった。「王太子の軍に出資すれば、自分たちの利益になる」と思わせねばならない。すでに王太子の名で「奴隷制度廃止令《ゴラーム》」が布告されており、奴隷を所有する者たちからは好意的な協力をえることはむずかしい。

いまのところ、ゾット族千人あまりが協力を約してくれたが、彼らに盗賊をやめさせようとすれば、生活を保障してやらねばならぬ。ナルサスがほしいのは、金銭《かね》を費《つか》う味方ではなく、金銭を出してくれる味方なのであった。

大陸公路を経由しておこなわれる陸上の東西交易。これが現在、中断されているのは、ルシタニアとトゥラーンのためである。この両国が、大陸諸国の平和を害し、国際秩序を乱しているため、隊商《キャラバン》は旅ができず、交易は停止しているのだ。これは困ったことなのだが、「他人の不幸は自分の幸福」というわけで、この異常事態を喜んでいる者どもも存在するのである。いわずと知れたギランの海上商人たちである。

「陸上交易が中断されている？　けっこうなことじゃないか。われわれがその間に、せいぜい稼がせてもらうさ」

「絹の国《セリカ》」を中心とする東方交易の利益は巨大なもので、陸路と海路とに分かれて、それぞれの商人が充分にもうけることができた。陸路がとぎれてしまえば、陸上商人はあわれだが、海上商人にしてみれば利益を独占する好機である。したがって、「パルスを救え、王都を解放しろ」という叫びに、海上商人が喜んで賛同するとも思えぬ。だが、彼らを味方につけぬことには、かがやかしい未来を手に入れる前に、腹がへって死んでしまう。なさけない話だが、それが現実というものだ。

ナルサスはもう一度たとえ話をしてみせた。

「人の世を池にたとえると、いまこの池には濁《にご》った水が満ちております。池に棲《す》む魚たちを殺すことなく、水を清いものに変えるには、時間をかけて古い水を汲《く》み出し、あたらしい水を汲み入れねばならないでしょう」

池をたたきこわして濁った水を流し出せば、作業は一瞬ですむ。だが、それでは魚たちも死んでしまう。あせっては元も子もない。アルスラーンはまだ十五歳に達しておらぬ。一代がかりの事業と腹をすえてかかるべきだ。

「一代どころか十代をかけても、まだ終わらぬかもしれませぬが」

「だけど、歩き出さぬことには、目的地には着けないだろう。遠すぎるからといって歩き出さないのでは、永遠に到着できない」

「黄金の価値がありますな、その言には」

ナルサスは微笑した。

たしかに、アルスラーンのいうとおりである。一歩を踏み出さないかぎり、目的地には着かない。すわりこんでわめいても、何ひとつ状況は変わりはしないのだ。

パルス王国が成立する以前の往古《むかし》、蛇王ザッハークの邪悪な力は強大をきわめ、その支配を覆《くつが》えすことはとうてい不可能であると思われた。一日にふたりの人間が殺された。ザッハークの両肩にはえた二匹の蛇は、人間の脳を食って生きており、その餌《えさ》として毎日、ふたりの人間が殺された。その恐怖は千年の長きにわたったという。

ここで蛇王打倒の戦いに起《た》ちあがった若者が、カイ・ホスローであった。

「われらが人として世に生を享《う》けたのは何のためだ。ザッハークの肩にはえた蛇どもに脳を喰われるためか。そのようなことはないはずだ。何年、何十年かかろうとも、起って蛇王の支配を覆えそう！」

そう叫んだが、最初は誰もそれに呼応しようとしなかった。「自分ひとりでやったらどうだ」と冷笑する者もいた。カイ・ホスローはあきらめなかった。彼は蛇王ザッハークの料理人を味方にした。蛇に脳を食わせるため、一日にふたりの人間が殺される。若い健康な男たちだ。ふたりとも助けることは不可能だが、せめてひとりでも助けよう。

カイ・ホスローは一日に一頭の羊を殺し、その脳をとり出して、ザッハークの料理人に秘《ひそ》かにとどけた。料理人はその脳を、もうひとりの殺された人間の脳とまぜて二人分の量をつくり、蛇王に献上した。蛇どもは、まんまとだまされてそれを貪《むさぼ》り食った。こうして一日にひとり、屈強な若者が救われた。一年後、三百六十五人の勇敢な兵士がそろい、カイ・ホスローはザッハーク打倒の軍をあげるのである。

苦難に満ちた戦いが終わり、蛇王ザッハークはデマヴァント山の地下深くに封じこめられた。聖賢王《せいけんおう》ジャムシード伝来の玉座についたカイ・ホスローは、蛇王に殺された数百万の人々の霊を慰めた。同時に、自分が殺した三百六十五頭の羊にわびて、羊の脳は人間の脳にひとしく、これを食することをひかえるよう布告した。かつてシンドゥラ国で、羊の脳を煮こんだカレーをパルス人たちが食べる気になれなかった理由がここにある。

いずれにしても、アルスラーンは旅立った。その旅がカイ・ホスローと同じ終着点を持つかどうか、まだ判明していない。

ギランの総督ともなれば、宮廷書記官に並ぶほどの顕職《けんしょく》であるから、邸宅が豪華なのは当然である。それにしても、白い壁と亜熱帯樹にかこまれた邸宅は、一辺二アマージ（約五百メートル）にも達する正方形の広大な敷地を持っていた。壁のなかにはいると、人魚《ラルーフ》を形どった大理石の噴水があり、さまざまな彫刻があり、蔦《つた》や蔓《つる》をからめた涼しげな四阿《あずまや》があり、蓮《はす》の葉を浮かべた池がある。

邸宅の主人である総督ペラギウスは、恰幅《かっぷく》のよい四十歳の男で、髪にいくらか白いものがまじっていることを除けば、若々しく、また頼もしく見える。だが、アルスラーン一行を迎えて、彼はすっかり動転していた。

「王太子が……王太子が……」

総督ペラギウスは、鸚鵡《おうむ》のようにくりかえすだけであった。動転したあまりに、「殿下」という敬称をつけることすら忘れはてている。まさか王太子アルスラーンがわずかな部下とともにギランを訪れるなど、総督は想像もしていなかった。

この一年間、ペラギウスは、ギランの町から取りたてた租税を王都エクバターナに送っていない。エクバターナがルシタニア軍に占領されていたからではあるが、四十万枚もの金貨《デーナール》を邸宅の地下室に隠しているのは、自分のものにしてしまおう、という魂胆があればこそだった。これだけの財産があれば、パルス全土が戦火におおわれても、異国に逃げて悠々と生活することができる。そう計算していたのだが、何と王太子がやってきてしまったのだ。

いくら思案しても、しすぎるということはない。先年十月、アトロパテネの野において国王軍が潰滅《かいめつ》して以来、ギラン総督である彼は国王のためにも王太子のためにも指一本、動かさなかったのである。勝敗のほどもわからぬ戦いに加担するより、安全な場所でせっせと蓄財に勤《いそ》しむほうが、彼にはたいせつなことであった。だが、事態がこうなってくると、彼の判断と行動は、はなはだまずいものに見えてくる。パルスの廷臣にしては、きわめて利己的なものであって、国王からも王太子からも、にらまれるのが当然だった。

「国庫に納めるべき租税を着服した。しかも金貨《デーナール》四十万枚分も。死刑に値する」

そう決めつけられれば、財産も生命も失ってしまう。何とかごまかさなくてはならなかった。利己的ではあっても、ペラギウスとしては生命《いのち》がけである。

「王太子殿下、よくご無事で。このペラギウス、喜びに胸も張りさけんばかりです」

いささかおかしな表現を使ってしまったが、そんなことにかまってはいられない。アルスラーンの手をとらんばかりにして、噴水をのぞむ広い快適な談話室にみちびいた。ひときわ清涼さを感じるのは、大理石づくりの天井の上を、地下深くから汲みあげた冷たい水が流れているからだという。

「じつはギランの町を破壊するという海賊集団からの脅迫状が来ておりましてな、軍を動かすわけにいかなかったのです。王都のことを思うと夜も眠れぬ心持でございましたが」

これも嘘《うそ》である。ペラギウスは、国王や王太子のために軍をととのえて外敵と戦うなど考えもしなかった。パルスは広い。ニームルーズ山脈より北方のできごとなど、異国のことより遠く感じられる。

それでも総督ともなれば、ふたたび王都へ帰って、さらに出世することを考える。エクバターナの情勢に無関心ではいられない。だが、ペラギウスは、エクバターナで危険な目にあうより、ギランで富を築くほうを選んだのである。

大理石の床に、絹《セリカ》の国製の竹の円座が敷かれている。一同を、ペラギウスはそこにみちびいた。ジャスワントなどは、「自分は従者だから外で待つ」といったが、そんなことはアルスラーンが認めなかった。

ペラギウスがまだ座に着かず、召使たちにあれこれと指図している。それを見てアルスラーンはナルサスにささやいた。海賊がギランを破壊しようとしているというのはほんとうだろうか、と。

若い軍師の返答は明快だった。

「嘘ですな」

断定しておいてから、ナルサスは説明する。海上商人にとっても海賊にとっても、ギランは富の源泉である。これをただ破壊しても、何ら利益を生じない。掠奪するというなら話はわかるが、ペラギウスのいったことは、その場しのぎの弁解でしかないであろう。

「もっとも、ギランの町が破壊され、東西の交易が完全に停止すれば、それによって利益をえる者もおりましょう。あるいは、ギランに取ってかわろうとする勢力があれば……」

しかしまだ判断の材料が充分ではない。二、三日おちついてようすを見ましょう。ナルサスはそう勧めた。北方で、いずれアンドラゴラス王とルシタニア軍が激突する。それに対して高処《たかみ》の見物を決めこんでもよい。アンドラゴラスによってアルスラーンは追放された、その境遇を、ナルサスは最大限に利用するつもりだった。何もないが、知恵をめぐらせる時間だけは充分にあるはずだ。

「まあしばらくは総督閣下を困らせておいてやりましょう。いかな美酒でも、飲みすぎた後に宿酔《ふつかよい》にかかるのは当然のこと。にがい薬を服用するのもやむをえますまい」

人が悪そうにナルサスは笑った。だが、若い軍師の予測は、この日ははずれた。座にもどってきたペラギウス総督が、「さて」と口を開きかけたとき、あわただしい足音が談話室に駆けこんできたのだ。総督府の書記官らしい男が、うわずった声で一大事を告げた。

「絹の国《セリカ》からの交易船が、港外で炎上しております。しかもその背後に、武装した船が数隻《せき》、追いすがって、さらに攻撃をしかけようとする気配と見えます」

「な、何と!?」

総督は息をのみ、八人の客は思わず立ちあがった。王太子一行の来訪につづく、この兇報《きょうほう》が、ギランの町にこれまで保たれてきた平和を撃ちくだくきっかけになったのである。

第二章　南海の秘宝

I

海風が黒煙を吹きはらったのも一時のことだった。絹の国《セリカ》風の商船「勝利《ビールズイー》」の広い甲板《かんぱん》は、ふたたび濃い煙におおわれた。この船の船首には、塗料のはげかけた竜の頭部がついていたので、竜が煙のなかで悶《もだ》え苦しんでいるようにも見えた。

甲板では船長のグラーゼがどなっている。

「ギランの港は目の前だ。このありさまを見れば、あちこちの船が助けに来てくれるぞ。根性いれてがんばるんだ！」

同じ内容のことを、二か国語でくりかえす。「勝利《ビールズイー》」には九か国の人間が乗り組んでいたが、パルス語と絹の国《セリカ》語を使えば、全員に意味が通じるのだった。船長の叱咤《しった》に、乗組員たちは「おう」と答えたが、あまり元気はなかった。なかなかもって、元気の出るような状況ではなかったのである。

グラーゼはまだ三十歳になっていない。頭部に白い布を巻き、帯に短剣《アキナケス》をぶちこんでいる。骨格はたくましく、筋肉は厚いが、均整のとれた長身は、すらりとしてさえ見える。潮風と陽《ひ》に灼《や》けて赤銅色《しゃくどういろ》をした顔に、両眼が鋭い。頬と顎に短いが剛《こわ》いひげをたくわえている。生まれたのは海の上であった。死ぬときもおそらくそうであろう。

「グラーゼ船長！　海賊船がもうすぐ追いつきそうです。こちらの船に乗りこんでくるつもりですぜ！」

悲鳴まじりの声に振りかえると、まさしく海賊船の一隻が、「勝利《ピールズイー》」の船尾に衝突せんばかりの勢いで肉迫してくる。舌打ちしたグラーゼ船長は、手にした槍《やり》をかまえなおすと、海賊船の船首に立つ獰猛《どうもう》そうな大男めがけてびゅっと投げつけた。投げつけると同時に、ふたたび前方に向きなおる。その遠景で、槍に腹をつらぬかれた海賊が甲板に倒れこむのが、船長の部下には見えた。そんなことにはおかまいなく、グラーゼは、船首にいる部下にむけて大声を発した。

「どうだ、港のほうでは、船が動きはじめたろう」

「いえ、一隻も」

「何をしてやがるんだ。このありさまが見えないはずはないだろうに。ギランの奴らは、そろって昼寝でもしてやがるのか」

グラーゼがののしるうちに、ふたたび海賊船は接近してきた。矢を射こみ、槍を投げつけてくる。すでにグラーゼの周囲には、海賊に殺害された乗組員たちの死体が三つ、甲板上に横たわっている。

グラーゼは身体《からだ》ひとつ、智略と武勇でいくつもの国を渡り歩いてきた。腕におぼえはあるが、何十人もの海賊に乱入されてきては、ささえきれない。眉をしかめたグラーゼは、船首にいる部下にふたたびどなった。助けは来そうにないのか、と。

「だめです、どこの私兵隊も動いてはくれません。この船がやられれば、荷物がへって値段が上がるとでも思ってるんでしょう」

部下のひとりが、あえぎながら報告してきた。つまるところ、グラーゼの船は見殺しにされそうだった。

「どいつもこいつも他人事《ひとごと》だと思っていやがるな。おれを見殺しにすれば、つぎは自分たちの番だということがわからんのか！」

船長は歯ぎしりした。と、大気の裂ける音がして、彼の頰から紙三枚分だけへだてた空間を火矢が飛び去っていった。甲板に火矢が突き立ち、あわてて乗組員が上衣をぬいで火を消しとめようとしている。

「船をとめろ、船をとめろ！」

半《なか》ば合唱するように、海賊どもが声をそろえる。歯茎《はぐき》までむき出して、目前の獲物を嘲笑《ちょうしょう》していた。海水をまじえた潮風が、彼らの声を乗せて吹きつけてくる。

「財産をすべて差し出せば、生命だけは助けてやるぞ」

「海に飛びこむんだな。鮫《さめ》と競泳する機会を与えてくれるわ」

「それとも船を棄《す》てずに焼け死ぬか」

グラーゼは唾《つば》を吐いた。

「やかましい。おれが死ぬとしても、それはきさまらの葬式を出してからのことだ」

いまや帆は炎の塊となって、甲板上に火の粉を降らせている。黄金色の雨が灼熱《しゃくねつ》した滴《しずく》をグラーゼにあびせたが、若い船長は動じなかった。腰の短剣に手をかけながら、燃える目を海賊船に向けている。

「焼け死ぬか溺《おぼ》れ死ぬか、どちらかを選ばなきゃならんのかな。だが、畜生、きさまらの手にだけはかからんぞ」

そのつぶやきを、部下の叫び声がかき消した。港の一角からあらわれた一隻の漁船が、もつれあう三隻の船めがけて、波を切りつつ近づいてくるのだ。見すかしたグラーゼが、ふたたび舌打ちした。

「ちっ、ようやく助けがあらわれたと思えば、貧乏くさい漁船が一隻きりか。おまけに女が乗ってやがる。何のつもりだ」

……漁船に乗った四人の男女は、むろん、海賊たちの手から商船を救うつもりだった。ダリューン、ギーヴ、ファランギース、ジャスワントの面々である。

他人の災難を喜ぶのは人の道に反する。だが、このさいこの事件は、アルスラーンたちにとって奇貨《きか》というものであった。ギーヴにいわせれば、

「名前と恩を売る好機！」

なのである。

アルスラーンたちが兇悪な海賊をやっつけ、ギランの市民たちを救えば、当然、市民たちに喜ばれる。「王太子とやらはおれたちを助けてくれた。だったらおれたちも王太子を助けてやろう」ということになるのだ。何もせずに、「王太子に忠誠をつくせ」と要求したところで、効果はない。実益をしめすのが先であった。

総督官邸から港へ直行したダリューンたちは、金貨《デーナール》を放って一隻の漁船を強引に借り受け、海賊船に向かって漕ぎ出させたのである。金貨のほかに、ファランギースの美貌が漁船の持主を圧倒したということも、たしかにあるにちがいない。いずれにしろ、彼らは目的を達することができそうだった。

漁船を海賊船に接舷《せつげん》させると、漁師のひとりが鉤《かぎ》のついた綱を放りあげた。鉤が船縁《ふなべり》に引っかかるのを見て、海賊のひとりが大刀をふるい、綱を断ち切ろうとした。弓の弦音《つるおと》が

ひびきわたり、ファランギースの射放した矢が海賊の左目をつらぬいた。大刀を宙になげうって、海賊は甲板からもんどりうった。その身体《からだ》と絶鳴が波間へ消えたとき、かわってダリューンの姿が海賊船の上にあった。

馬上においても地上においても、ダリューンほど勇猛にして強剛《きょうごう》な戦士は他に存在しないであろう。だが船上においてはどうであろうか。

誰かがそう思ったとしても、それは無用の心配だった。ダリューンはかつて絹の国《セリカ》におもむいたとき、大河を渡る船の上で生死を賭けた戦いを演じたことがある。相手は絹の国《セリカ》でも勇名を誇る四人組の剣士で、「江南の四虎《チャンナン・タ・スーフー》」と呼ばれていた。そのときの戦いにくらべれば、船は大きく、敵の技倆《ぎりょう》は劣る。ダリューンにとって、恐れることなどなかった。

「さあ、誰から死にたい？」

ダリューンの静かな豪語が、海賊たちをいきりたたせた。もうすこしで、まるまる肥《ふと》った獲物が手にはいるはずだったのに、貧乏くさい漁船一隻にじゃまされたのだ。甲板にたたずんだたくましい長身の男は、単なる漁夫には見えなかったが、おかまいなしに乱刃《らんじん》をきらめかせて殺到してきた。

ダリューンの長剣が宙に唸《うな》る。海賊どもの頭が割れ、胴が截《き》れ、鮮血が虹色の雨となって甲板を打った。パルスの大地が何度も見た光景を、パルスの海ははじめて見たのである。

斬撃《ざんげき》の一閃《いっせん》ごとに海賊どもは撃ちたおされ、斬り伏せられ、血煙《ちけむり》の下にのけぞった。ダリューンの足さばき、身ごなしは絶妙をきわめ、揺れ動く甲板に立ちながら、よろめくことさえなかった。悲鳴と怒号が入り乱れ、強い陽光と渦まく煙がそれにかさなる。

ダリューンは人間の形をした災厄《さいやく》であった。力強く、しなやかな腕が宙で舞踊《ぶとう》すると、陽光を弾《はじ》いた長剣が海賊たちの頸部《けいぶ》を両断し、潮風に濃い人血の匂いをまじえるのだ。海賊たちは腕力にすぐれ、身も軽かったが、ダリューンの剣に対抗できる者はひとりもいなかった。右に左に斬り倒され、血の匂いを濃くするばかりである。

ダリューンの後方につづくふたり、ギーヴとジャスワントの剣技も、海賊たちを圧倒した。流れるように優美なギーヴの剣さばきは、流血の四行詩《ルバイヤート》を歌いあげ、ジャスワントの剣勢はシンドゥラの太陽のように激烈だった。

海賊たちの屍《しかばね》は、甲板につぎつぎと横たわり、彼らは天国の寸前で地獄へと追い落とされた。ギーヴが甲板上を走り出す。せまい階段の上に舵輪《だりん》があり、それを動かしている海賊を斬ろうとしたのだ。階段下に着くまでに二度、刃鳴りがひびき、階段を駆けあがろうとしたギーヴはさらに上方から刃《やいば》を突き出された。

落下する剣を受けとめ、飛散する火花をあびながら、そのまま自らの剣を突きあげる。強烈な手ごたえが、ギーヴに勝利を知らせた。頸《くび》すじから血を噴きあげて、海賊は階段を転落していく。

この間、ファランギースの弓弦《ゆづる》が潮風に共鳴し、死の曲をかなでている。銀色の線が夏の大気を引き裂くつど、海賊たちはのけぞって甲板に倒れ、あるいは船縁から波間へと落ちていくのだった。海賊たちは船内の白刃に斬りたてられ、船外の弓に射たてられた。

「女ごときの矢に射すくめられて、それでもきさまらは海の男か。恥を知れ！」

そうわめいた海賊が、彎曲《わんきょく》した大刀をふるってファランギースに近よろうとしたが、一歩も進めなくなってしまった。ファランギースの放った矢が、彼の片足を甲板に縫《ぬ》いつけてしまったからである。咆《ほ》えるような悲鳴を発して、海賊は大刀を投げ出し、戦うことも逃げることもままならぬ。

だが、彼の不幸も、仲間たちにくらべれば小さなものであった。できそこないの彫像のように突ったつ彼の左右で、仲間の海賊たちは頭を割られ、胴を斬り裂かれ、咽喉《のど》をつらぬかれて、血の噴霧のなかに倒れていくのである。

グラーゼは圧倒され、呆然《ぼうぜん》とその光景を見守っていた。

II

波の動きにつれて船は揺動《ようどう》し、甲板は右へ左へと傾斜する。甲板に転がった死体は丸太のように左右に転がり、傷口は潮に洗われて奇妙に白く光っている。

海賊たちは四十人を算《かぞ》えたが、わずか四人の剣士たちのために完全に制圧されてしまった。半数以上が斬り殺されるか射落とされるかしてしまい、十人ほどは海に飛びこんで恐るべき敵刃《てきじん》から逃がれた。さらにその半数は波にのまれたり船体にぶつかって頭を割られたりして、永久に陸へもどることができなかった。海へ飛びこむことすらできなかった十人ほどの男たちは、武器をすてて投降した。こうして「勝利《ピールズイー》」は、ついに海賊どもの手から救われたのである。

どうにか消火をすませ、帆をすてて、「勝利《ピールズイー》」は港の桟橋《さんばし》にたどりついた。死体をかたづけ、負傷者を治療するよう命じてから、グラーゼは、恩人たちに礼を述べた。彼の前にはダリューンが立っていた。

これほど長大な剣を、軽々と、しかも身体《からだ》の一部であるかのように自在にあやつる男を、グラーゼは見たことがない。このような男が自分を助けてくれたのには何やら理由があるのだろう、と思った。

「いささか順序がちがうが、名を聞いておこうか。誰に助けてもらったか、知っておきたいからな」

「ダリューン」

短い名乗りが、海上商人をおどろかせた。グラーゼはまじまじと相手を見つめた。

「ほう、おれの知っているパルス人と同じ名ではないか。その男は戦士《マルダーン》のなかの戦士《マルダーンフ・マルダーン》とやらいう、たいそうな異名を持つと聞くが」

「たしかに、たいそうな名だ。だが、おれが自分でそう名乗ったわけでもないのでな」

ダリューンが苦笑すると、グラーゼはもういちど疑問を提出した。

「だが、ダリューンとやらいう男は、つねに黒衣をまとい、黒い甲冑《かっちゅう》をよろっていると聞いたぞ」

「ギランは暑い。それに、おれとて、赤ん坊のころ黒い襁褓《むつき》を身につけていたわけでもない」

「そうかそうか、おれは絹《セリカ》の国の絹の襁褓を身につけていたが、おぬしはちがうか」

一笑したグラーゼは、ひとつ手を拍《う》つと、深々と一礼した。両腕を胸で交叉《こうさ》させて、絹《セリカ》の国風のおじぎをする。

「いや、ダリューン卿、おかげで生命《いのち》も船も助かった。おれの名はグラーゼ。心から御礼を申しあげる」

「絹《セリカ》の国人か、おぬしは？」

「母親はな」

船長にとって、人生に国境などなかった。彼の人生はみごとに三分されており、三分の一をパルスで、三分の一を絹《セリカ》の国で、三分の一を海上で過ごしてきたのである。

「挨拶ぐらいなら二十か国語でできるぜ」

グラーゼは胸をそらした。

「ついでにいえば、悪口雑言《あっこうぞうごん》は三十か国語でいえる。だが、礼を述べるのにもっとも美しいのはパルス語だな」

言葉を切り、港に集まった人々を見まわすと、グラーゼは強く舌打ちした。

「しかし、ギランも人気《じんき》が悪くなったぜ。二、三年前は、他の船が困っていれば助けてやろうとしたものだが、いまや他人の不幸は自分たちの幸福といわんばかりだからな」

じろりと睨《にら》まれて、きまり悪そうに立ち去る者もいる。グラーゼに何といわれても答えようがないというところであろう。

ギランの富豪たちが雇っている私兵集団は、けっして弱くはなかった。だが、たがいに連係したり協調したりすることがなく、自分たちのつごうだけで行動する。海賊にしてみれば、各個撃破すればよいのだ。

実際に戦うばかりではない。ある商船を襲うとき、他の商船の持主に対して、「お前たちに対して手は出さない。だからお前のほうもよけいなことをするな」と言い送る。すると、他の商船は手を出さず、海賊たちはほとんど戦わずして利益をえるというわけだ。

グラーゼは一軒の酒場に恩人たちを案内し、ダリューン以外の三人にもあらためて礼を述べた。とくにファランギースにはていねいに。

「いずれにしろ、あんたたちはおれと船にとって恩人だ。ないはずの生命をひろったのだから礼はさせてもらう。何かおれにできることがあるか」

「大いにある」

ダリューンは手ばやく事情を説明した。グラーゼにしてみれば、新鮮な情報であった。彼がパルスを離れて出港したのは、アトロパテネの戦いがおこる半年も前のことで、当時パルスはまだ安定して揺るぎない国に思えていたのである。

「そんなことがあったのか。パルスがまた他国の軍と戦った、と、異国で風の便りに聞いてはいたが……」

まさかパルス軍が大敗するなどと、グラーゼは想像していなかった。彼だけではなく、パルス人のほとんどすべてがそうだったのだ。

「それにしても、王太子殿下がギランに来ておられるなど、市民たちは知らぬようだ。総督めは何やら奸計《かんけい》あって、それを隠しておったのだな」

これは誤解であったが、あえて解く必要もないので、ダリューンは黙っていた。グラーゼは腕を組み、すぐにほどいた。

「とにかく王太子殿下には力を貸そう。あんまり王族だの貴族だのにはかかわりあいたくないが、借りはきちんと返さないと気分がよくねえからな」

こうしてその夜のうちに、グラーゼは三十人ほどの海上商人たちを集めた。グラーゼが一年以上も留守にしていた海岸ぞいの家に彼らの顔がそろうと、グラーゼは、知っている三十か国語のうちパルス語を使って、彼らに対する説得を開始した。アルスラーンを悲劇の王子さまにしたてて、「人として涙を知る者なら王子さまを助けてやれ」と熱弁をふるったものだ。同席したナルサスとダリューンは苦笑したが、商人たちの反応も最初は冷たかった。口々にいいたてる。

「おれたちはパルスの国法を守り、租税を納めている。これ以上、何ごとを要求される理由があろうか」

「そうだ、国王なんぞいなくても、おれたちはやっていける。これまでだってそうだった。

これからも同じことだ」

「王太子がやってきたのは、先方の勝手だ。こちらが歓迎しなきゃならん義理はない」

彼らの話を沈黙のうちに聞いていたナルサスは、グラーゼに勧められて口を開いた。皮肉たっぷりに一同を見わたす。

「なかなかに、おぬしらは大言壮語が得意なようだ。だが、舌を動かす前に自らをかえりみてもよかろう。今日グラーゼ船長の危機を救ったのは、おぬしらか、王太子か」

海上商人たちは沈黙した。グラーゼの危難を見ながら何ひとつ手助けしなかったことが、さすがに後ろめたかったのだ。言分《いいぶん》はいろいろあるにせよ、弁解すればするほど見ぐるしいことになる。うっかりしたことを口走れば、グラーゼがいきりたち、仲間の不実に対して腕力でお返しをするかもしれぬ。

海上商人たちは、別室で相談する時間を求めた。グラーゼは不平そうな表情だったが、ナルサスがうなずいてみせたので、しぶしぶ承諾して別室を提供した。ナルサスが最初から予測していた結論が出るまでに、グラーゼは五杯の酒を飲みほした。やがて別室から出てきた一同は、つぎのように申したてた。

「もし王太子殿下が兇猛《きょうもう》な海賊どもの手からギランを救ってくださるのであれば、われわれも殿下に忠誠を誓おう。今日のところは、まだグラーゼひとりが助けられただけだからな」

「よろしい、話は決まったな」

ナルサスは手を拍った。海上商人たちの内心は見えすいていたが、それを責めたてるのは愚かしいというものである。アルスラーンがいかに頼りになる味方であるか、くりかえし証明してやればよいのだ。

グラーゼが眉をしかめた。

「だが、ナルサス卿、海賊どもは海の上にいるのだ。あんたらには軍船が一隻もないだろう」

「軍船など一隻も必要ない。三日のうちに、ギランをねらう海賊ことごとく、一掃してごらんにいれよう」

ナルサスの平然とした表情に、グラーゼは目をみはった。ダリューンが笑いをこらえる表情をした。こういうときは、なるべくでかいことを言っておくべきなのであった。

Ⅲ

アルスラーンに対面したグラーゼは、なれなれしいほど親しげに挨拶すると、すぐ何だかんだと話しかけた。アルスラーンのほうも、はじめて見る海の男に興味をしめして、いろいろ質問をした。

「グラーゼ船長は、海では危険な目にあったことがあるか」

「鯨《くじら》に呑みこまれたことが一度、嵐で船が難破したことは十四度、海賊と刃をまじえたことは百回以上、およそ海の上で危険なことには、すべて出あっております。まず、この世でおれほど危険な目にあった男はおりませんぜ」

ぬけぬけとグラーゼが胸をそらせたものである。

アルスラーンは、いたって謹直《きんちょく》な性格の少年で、自分でほらを吹くことはない。だが、他人のほら話は、けっこう喜んで聞いた。グラーゼは陽気な男で、見聞も広く、話術にも長じている。ダリューンは絹の国《セリカ》を訪れたとき、往復ともに陸路であったから、海路を知らぬ。アルスラーンにとって、グラーゼは生きた驚異であった。すっかり気に入って、かなり長い間、話しこんだ。

「何だ、あやつ、よく口のまわること、まるで海のラジェンドラではないか」

シンドゥラ国王の名をダリューンが口にすると、シンドゥラ人であるジャスワントがそれに応じた。

「あのような御仁《ごじん》はシンドゥラにしかいないと思っておりましたが、パルスにもちゃんといるものですなあ」

その間に、ナルサスはエラムをともない、旧友シャガードのもとを訪れていた。ようやく旧友が別荘から帰ってきたので、対面が果たせたのである。

「ナルサス、いや、よく来た、よく来た。いろいろあったらしいが無事で何より」

シャガードはナルサスの遠い親戚にあたる。エラムが聞いたところでは、ナルサスの父親の姉の夫の従兄《いとこ》の息子だそうだ。王立学院でともに学んだこともあるし、シャガードが他の貴族の妾《めかけ》と恋愛さわぎをおこしたときにはナルサスが窮地を救ってやったものである。また、奴隷《ゴラーム》制度をなくすために将来、協力しあおうと話しあってもいた。

ナルサスは一時的にせよ王宮づとめをしたが、シャガードはまったく仕官ということをしなかった。受けついだ資産をすべて宝石と金貨《デーナール》に換え、ギランに邸宅を買って、遊蕩《ゆうとう》ざんまいの生活を送っている、ということであった。

シャガードはナルサスを迎えると、広間にすべての召使を集めた。陽に灼け、潮風にさらされてはいるが、ナルサス以上に貴公子的な容姿の若者で、頭髪が巻毛なのは、母方にマルヤム人の血を引いているからであろうか。

「みんな、おれの友人を紹介しよう。この男はナルサスといってな、さる良家の坊ちゃんだが、パルスで一番頭がよく、パルスで一番、性格の悪い男だ」

「いや、そう賞《ほ》めないでくれ。おれはつつしみ深い男でな」

すましていうと、ナルサスは、シャガードとともに広間を出、海を見はるかす露台《バルコニー》で酒を酌《く》みかわすことになった。エラムは大きな絹の国風《セリカ》のうちわを借りて、ふたりの若い貴族をあおぐ。しばらく昔話がつづいた後、ナルサスは、自分たちの境遇を説明し、アルスラーン王子を助けてくれるよう頼んだ。シャガードの才能は王子のために役立つはずだった。

だが、ナルサスが変わったとすれば、シャガードも変わっていた。シャガードの邸宅には、二十人以上の召使の他に百人をこす奴隷《ゴラーム》がいて、広大な果樹園で働いていたのだ。しかも奴隷監督の鞭《むち》と、たけだけしい犬におびえながら。かつてともに、奴隷制度をなくそうと語りあったこともあるのに。いま、シャガードは薄笑いをたたえて、アルスラーンやナルサスの理想をしりぞけようとするのである。

「奴隷制度廃止など、たわごともいいところさ。奴隷とはこの世になくてはならぬものだ。当然のことだろうが」

「虐《しいた》げられている奴隷は、おぬしとちがう意見を持つだろうな」

「奴隷のすべてが虐げられているわけではないぞ」

「おぬしにしてはお粗末な詭弁《きべん》だな。人と生まれて身体《からだ》を金銭で売り買いされること、それ自体が人の道に反すると、以前おぬしはいっていたではないか」

「あのころは、おれも世のなかというものを知らなかった。だが、いまではわかる。ナルサスよ、おぬしの考えはただのおとぎ話だ」

シャガードは、とくに高価な葡萄酒《ナビード》を、絹の国《セリカ》の玉杯《ぎょくはい》であおった。ナルサスを見る瞳が、白っぽい奇妙な光を放った。ダイラムの旧領主は、居心地の悪さを禁じえなかった。エラムを預けようと思ったほど信頼していた友が、なぜこうも俗塵《ぞくじん》にまみれ、不当な特権を守るような考えにとりつかれたのであろう。

「もう一度いってやるが、奴隷《ゴラーム》制度の廃止なんぞできん、ナルサス。そもそも奴隷たちのほうでも自覚がないのだからな。彼らはいうだろうよ、自由などいらない、慈悲深いご主人さまがほしい、とな」

「身に沁《し》みてわかっているさ」

父のあとをついでダイラムの領主となったとき、ナルサスは自家の奴隷たちを解放した。だが、アルスラーンに語ったように、失敗してしまったのだ。

「だが、時間をかけて変えていく。どれほど遅い歩みでも、一歩踏み出せば、とにかく一歩分だけは目的地に近づく。立ったまま一歩も動かず、『失敗するに決まってる』などとえらそうに論評していても世の中は変わらんさ」

お説教する口調だが、じつはナルサスは自分自身にそう言いきかせているのだ。

「それとも、おぬし、自分の身体を金銭で売買されて嬉《うれ》しいか。最低限の想像力をはたらかせてみろ。それすらもなくしたのか、シャガード」

「そんなことは女子供の感傷だ。感傷で国政が動かせるか」

「感傷と理想の区別もつかなくなったらしいな、おぬし。ギランの太陽に目がくらんで、世の矛盾を見る視力を失ったとみえる」

ナルサスの声に怒りがこもった。シャガードの果樹園で見た奴隷たちの姿を想いおこす。背中には鞭うたれた傷。足首には鎖。表情には絶望と脅《おび》えがあった。それらを与えたのはシャガードだった。

「自分では何ひとつやろうとしないくせに、他人の理想を嘲笑《ちょうしょう》して満足しているような奴を卑劣漢というのだぞ」

「おれが卑劣だと？」

シャガードは怒気を両眼にひらめかせた。

「おれを卑劣漢よばわりするとは、おぬしでも赦《ゆる》さんぞ、ナルサス」

「おれとて、そんな呼びかたはしたくない。おぬしが以前とまるで変わったことに心を傷《いた》めるばかりだ」

ナルサスは突き放し、ふたりは正面からにらみあった。

エラムは、はらはらしながら両者を見くらべている。彼は完全にナルサスの味方ではあるが、主人が旧友と大げんかすることになっては、気の毒であった。そのエラムの視線を感じながら、ナルサスはどうにか自制している。シャガードがしたり顔で口にすることなど、ナルサスはとうに承知しているのだ。だが、アルスラーン王子を推戴《すいたい》して世を変革することに意義があると思えばこそ、隠者としての平穏な生活をすて、ともに戦っているのだ。

アルスラーンの志《こころざし》は高い。ただ、あまりに高く飛びすぎると、地上の人間たちはその後を追えなくなる。国王《シャーオ》は地上を統《す》べる存在であり、地上の人間たちをまず納得させねばならなかった。

奴隷《ゴラーム》制度を廃止するのは、人道としてまったく正しい。だが、そのためには、奴隷なしで社会や経済がやっていけるような態勢をととのえねばならない。奴隷たち自身に対しても、自立できるよう教育し、土地や農具や種子や資金を与えてやらねばならない。土地は荒地を開拓するとしても、資金はどこから持ってくるか。天から金貨《デーナール》が降ってくるわけではないのである。理想は高く、だが現実をきちんとおさえておかねばならない。

そのあたりを、ナルサスは考える必要があった。苦心のしどころでもある。そのためにも旧友を王太子の味方に引きこもうと思っていたのに、まっこうから拒否されたのだった。気まずい雰囲気のうちに、夏の陽は沈んで夜となった。エラムをともなったナルサスが、旧友の説得を断念して辞去すると、シャガードはそれを見送ったが、すぐ門扉《もんぴ》を閉ざして姿を消してしまった。かたく、拒絶の意思をしめして閉ざされた扉をかえりみると、ナルサスは足早に夜道を歩きはじめた。エラムが一歩おくれてしたがいながら声をかけた。

「ナルサスさま……」

「友は昔の友ならず、というやつだな。愛《いと》しみあった男女でさえ別離することは珍しくない。まして単なる友ではな」

ナルサスは、夏の夜風に肩をすくめた。

「エラム、お前をあの男に預けるつもりだったが、そうしなくてよかった。あいつめ、お前を奴隷《ゴラーム》あつかいして、情婦たちの身のまわりの世話でもさせたかもしれん。お前が鞭でなぐられるなど、考えただけでぞっとする」

憮然《ぶぜん》とするナルサスだった。

だが憮然としている間に、彼の打った策《て》はべつの場所で功を奏しはじめていた。夜道に軽い足音がして、アルフリードがあらわれたのだ。

「うまくいったよ、ナルサス！」

同じ夜、ギラン総督のペラギウスは、絹の国《セリカ》の商人から「生きたみやげ」をもらうのを楽しみに待っていた。絹の国《セリカ》の交易商人ともなれば、当地の要人に甘い汁を吸わせるのも商売のうち、と心得ている。総督のご機嫌をそこねて、商売をじゃまされてはたまらない。故国から、パルス風にいえば千ファルサング（約五千キロ）の海路をへて目的地に到着したのだ。「生きたみやげ」、つまり美女を総督に差し出すくらいお安い御用だった。

というわけで、ペラギウス総督は、その夜、たいそう楽しみに待っていた。アルスラーン王太子とそのえたいの知れない部下たちは、何とか口実をつけて追いはらってやるつもりだった。ギランは彼にとって秘密の豊かな花園であり、王太子と名乗る盗賊などに荒らされるのはまっぴらであった。パルス国や王都エクバターナやパルス王室などがどうなろうと知ったことではない。仮にアンドラゴラス王が完全勝利をおさめて、ペラギウスの罪を問うてきたら、不正に貯《たくわ》えた財産をかかえて、海路、異国へ逃げ出すつもりである。その逆に、ルシタニア軍とやらが全土を制圧することになってもそうするつもりだった。後がどうなろうと彼に関係ない。

待ちかねていた美女がやってきたのは、人目を避けた深夜のことで、厚いヴェールをかぶり、異国人らしい従者をともなっていた。武器など持っていないことを確認されて、女は総督の前に姿をあらわした。ヴェールをずらすと、深い緑色の瞳が総督をじっと見つめた。

「おう、これはこれは、地上の月と呼ぶべきか、生ける宝石というべきか。そなたの美しさには、麗《うる》わしの女神アシも影がかすもう。まるで太陽のような瞳……」

酔ったあげくのたわごとをつぶやきながら、総督閣下は美女にたわむれかかった。美女のほうは、「あら」とかつぶやいたようである。その声に刺激され、総督は鼻息を荒らげて抱きついた。

いきなりのことである。天と地が逆転した。総督は女に手首をつかまれ、もののみごとに床にたたきつけられてしまったのだ。どすんと鈍い音がひびき、総督は背中に重い痛みを感じた。呼吸がとまって、声を出すこともできぬ。

無礼にも総督閣下を床にたたきつけた美女は、わずらわしそうにヴェールをむしりとった。同行していた従者が豹《ひょう》のように飛びかかり、総督の身体《からだ》を、じつに手ぎわよく縛りあげる。

「ご苦労じゃな、ジャスワント」

美女がはじめて台詞《せりふ》をいった。

「聖賢王ジャムシードの法《のり》と理《ことわり》によりて、人界の悪を裁く。せこい悪でも、目の前にあれば放ってておけぬのでな」

「お、お前はあの女神官《カーヒーナ》……！」

総督がかろうじて声をしぼり出すと、ファランギースはあでやかに冷笑した。

「ようやく気づくとは、間のぬけた話じゃな。わたしのような絶世の美女がふたりとおるとでも思ったか」

「な、なぜこのように無体なまねを。私がいったい何をしたとおっしゃるのか」

「何かをしでかしてからでは遅いのでな。われらが軍師どのは先手を打つのがお好きじゃ」

そこへ「さすらいの吟遊詩人《ぎんゆう》」が姿をあらわした。ギーヴがにやにや笑いながら、右の掌《て》の上で踊らせている小さな金属製の物体を見て、総督はあやうく卒倒するところであった。それは彼の金庫の鍵であったのだ。

やがてアルスラーンとダリューンが姿を見せ、ナルサスらも合流して一同が顔をそろえた。

「王太子殿下、ギラン総督ペラギウス卿よりの殊勝な申し出にございます。この三年間に彼が蓄《たくわ》えし財産のすべてを、殿下の軍用金に差し出すとのことでございます」

ファランギースがうやうやしく言上する。その傍で、ペラギウスは目を白黒、顔を赤青というていたらくであった。異国へ逃げ出すどころか、そのはるか手前の地点で、彼は王太子がわの先制攻撃を受けてしまったのである。ファランギースが総督に対している間に、ギーヴは官邸の女奴隷《ゴラーム》をたらしこみ、まんまと総督の秘密金庫の所在をつきとめ、その鍵を盗み出したのであった。

「まことに役に立つ男でござる」

と、ギーヴは自画自賛したが、まったくそのとおりで、このような芸当はダリューンなどにはとうていできない。それを知っているので、パルス最高の雄将も苦笑しただけである。総督はといえば、苦笑どころか、不正の証拠をおさえられ、はいつくばって赦《ゆる》しを請《こ》うばかりであった。

「法の枠のなかで総督が貯えたものは残してやってよいのではないか」

アルスラーンの指示で、ペラギウス総督の手元には金貨《デーナール》一万枚の財産が残された。死ぬまで生活に困ることは、まったくないはずだ。

「王太子殿下のご厚情をありがたく思え。本来なら全財産没収のうえ終身刑というところなのだからな。これでもし逆うらみするようなら、永遠に金銭《かね》がいらぬようにしてやるぞ」

ダリューンににらまれて、総督は平身低頭した。総督が縛られたままダリューンに見張られている間に、ナルサスは、王太子名による布告文をさっさと書きあげた。こうして、夜が明けると同時に、総督ペラギウスの解任と追放が公表されたのである。

総督官邸は、そのまま王太子府に変わった。ナルサスは総督の不正な資産のうちから金貨一万枚を取り出し、銀貨二十万枚に換えてギランの庶民に分かち与えた。これは単なる人気とりだが、こういうことが必要な場合もあるのである。とにかく、いままでの総督とはちがう、ということを印象づける必要があるのだった。

午前のうちに、グラーゼをはじめとする三十人の海上商人が、王太子殿下のご機嫌うかがいに訪れた。グラーゼはなかなか実力のある男で、海上商人たちの一団をすばやく組織し、王太子を支持する勢力をギランの町につくりはじめていたのだ。ただのほら吹きではなかった。

グラーゼにつれてこられた海上商人のひとりが、このとき奇妙な話を持ちこんできた。ギランの近くに、海賊の莫大《ばくだい》な財宝が隠されているというのだ。

「海賊の財宝ねえ、ふうむ……」

話を聞いて、ナルサスは小首をかしげた。だいたい「男の子」というものは宝さがしとか秘密の洞窟とかいう代物《しろもの》が大好きである。ナルサスも例外ではなかったが、あまりに荒《こう》唐無稽《とうむけい》な話では信じる気になれない。宝さがしなどしているような場合でもない。

それでも話は聞いた。その隠された財宝というのは、八十年前に「海賊王」と呼ばれたアハーバックという人物のものであるという。彼は貯えた富でどこかの島に独立国をつくろうとしていたというが、あるいは単に強欲なだけだったかもしれない。いずれにしろ、アハーバックはその当時、百隻をこす武装商船と軍船を持ち、南方の海を支配したのだ。しかも、戦死も刑死もせず、自分の船の豪華な船室で安らかな老衰死をとげた。

そもそも「海賊」と決めつけてはいるが、本来は武装した海上商人なのである。海上では、自分で自分の身を守らなくてはならない。嵐にそなえて船を頑丈にし、掠奪を防ぐために乗組員に武器を持たせる。商談が決裂すれば、力ずくで自分の利益を守る場合もある。もともとは、必要にせまられて、しかたなく武装したのだ。

だが、交易が拡大するにつれて、掠奪だけでも充分に商売になるようになってきた。こうして、専業の海賊が出現するのだが、アハーバックの場合、海上商人としてあげた利益と、海賊として稼いだ富との境界線がはっきりしない。いずれにしても、莫大な富を築きあげたことは確かである。そして、彼の死後、その財宝がどこかへ消えてしまったことも事実であった。その富は、金貨《デーナール》一億枚にもおよんだという。さらに、各種の宝石、真珠、銀塊、象牙など、計算できないほどの財宝が隠されているというのだった。

その巨億の財宝が、ギラン港の東南、海上十ファルサング（約五十キロ）の距離にあるサフディー島に隠されているというのであった。事実とすれば、それを発見したとき、アルスラーンは、膨大な軍用金を手に入れることになる。ペラギウス総督の隠し財産など、はした金としか思えないほどの。

ナルサスは他人の意見も聞いてみることにした。ダリューンは肩をすくめただけで無言。ファランギースも苦笑をたたえた。

「金貨《デーナール》一億枚か。ちょっと信じられぬような話じゃな」

「一億枚なんて誰が算えたんだろうね」

素朴な疑問を、アルフリードが口にした。まじめくさってギーヴがうなずく。

「まったくだ、おれでもその百分の一ぐらいしか貯めこんでいないのに」

アルスラーンやエラムは、やはり少年だけあって興味しんしんの表情だったが、あまり本気にはならなかった。ダリューンが話題をかえた。

「で、ナルサス、海賊たいじのほうは策《て》を打ってあるのか」

「ああ、そちらは心配いらぬ、まかせておけ」

ナルサスはかるく言いすてた。

五日後、痛い目にあった海賊たちがふたたび押し寄せてきた。本気になったのであろう。二十隻もの軍船をそろえ、刀や槍の武装もととのえてギラン湾に侵入してきたのだ。たけだけしく波を蹴《け》たてて彼らが侵入してきたとき、港には一隻の船もなく、無人の町のようにギランは静まりかえっていた。

しばしば、過去の勝利や成功は人間を驕《おご》らせる。港の静けさを、海賊たちは見あやまった。先日の襲撃にこりて、ギランの市民が慄《ふる》えあがり、すくんでしまったのだと思いこんだのである。痛い目にあったのは自分たちのはずであったのだが、あれはたまたまのことで、本気になれば容易に勝てる、と考えた。

「船に乗りこまれたのが、先日の失敗のもとだ。今度はそうはいかんぞ。どこの痴《し》れ者《もの》か知らんが、さがしだして帆柱《ほばしら》に吊《つ》るしてやる」

海賊たちは復讐《ふくしゅう》の快感に酔っていた。生きたまま帆柱に吊るし、下から矢を射かけ、針ねずみのようにして惨殺するのが、彼らの復讐のやりくちであった。

二十隻の海賊船は、湾内をわがもの顔に走りまわった。地上の町並みにむかって火矢を射かけ、桟橋にむけて投石器の石弾《いしだま》を撃ちこむ。しばらくは好き勝手に暴れまわった。だが、いざ上陸しようとオクサス河の河口近くに向かったとき、事情は一変した。帆柱の上で、見張りが絶叫したのだ。

「洪水だあっ」

悲鳴におおいかぶさってきたのは、オクサス河の水の壁であった。

ナルサスはオクサス河の流れを土嚢《どのう》でせきとめ、水があふれる寸前の状態にしておいて、海賊船が湾内にはいってきたとき、土嚢をくずさせ、洪水をおこしたのである。

作戦としてはそう複雑なものではない。ただ土嚢を積むにはオクサス河の水流の状態をよく知っていなければならないし、どのていどの水を何日かけて貯えるか、どの方角へ洪水をみちびくか、港そのものに損害を与えぬためにはどうするか、それらについて精《くわ》しい知識と緻密な計算力が必要であった。ナルサスは、それらをすべて具《そな》えていた。

「火を放て！」

ギーヴにむけて、ナルサスからの指示が飛ぶ。すでに用意はととのっていた。三十あまりの小さな筏《いかだ》が、オクサス河の水面に押し出される。筏の上には綿袋が積まれ、それに樟脳《しようのう》と瀝青《ター ル》とがたっぷり注ぎかけられていた。火矢が放たれ、筏は一瞬にして炎のかたまりと化した。

炎のかたまりが急流に乗って海賊船へとむらがりよる。洪水の大波をかぶった海賊船は、あるいは横だおしになり、あるいは砂嘴《さし》に乗りあげ、あるいは崖に押しつけられて、航行の自由を失ってしまっている。筏に衝突されると、たちまち火が燃えうつり、炎は天を摩《ま》するように高々と燃えあがった。

煙と悲鳴が海賊船の甲板に満ちあふれた。火につつまれた海賊たちの身体が、つぎつぎと海面に落下し、火の滝が流れるようだ。

かろうじて海上への脱出を果たした三隻の海賊船も、帆柱は倒れ、甲板は水びたしになり、梶《かじ》はこわれ、十人以上の乗組員が波にさらわれてしまった。戦力としてはまったく役に立たなくなっている。しかも、呆然自失しているところへ、第二波の攻撃が襲いかかってきたのだ。今度は剣の攻撃であった。

「容赦するな。ひとりといえども生かして帰さぬつもりで戦え」

ナルサスが指示する。ここで海賊どもをとりにがしたら、かならずまた報復をはかるにちがいない。非情に徹し、完膚《かんぷ》なきまでにたたきのめしておく必要があった。永遠に、というわけにはいかぬが、なるべく長きにわたってギランを安全にしておきたい。今回の作戦は、ナルサスにとっては単なる小細工でしかなかったが、小細工で充分なのである。

ナルサスの頭のなかには、正確で精密なパルス全土と周辺諸国の地図が描きこまれている。山や平野、河や砂漠、そして都市や街道のかずかずが、さまざまな数字とともに、きちんと記されているのだ。若い軍師は、パルスでもっとも博識の地理学者でもあったのだった。

旧ダイラム領主のおかしなところは、脳裏に絵図を描くことは天才であるのに、いったん手に筆を持つと、まるで表現力がなくなってしまうことだった。本人は認めていないが、ダリューンやエラムはそのことを知っていた。エラムは面と向かって口には出さないが、ダリューンは遠慮なく口にする。それでもナルサスとの友誼《ゆうぎ》がこわれないのは、ふたりが信頼しあっているからだろう、とエラムは思う。残念ながら、シャガードという人はダリューンさまより器量が劣っているにちがいない……。

ナルサスの指示を受けて攻勢にうつったのは、グラーゼと彼の知人たちだった。五十あまりの小舟が海賊船にむらがり、短槍《たんそう》をふるうグラーゼを先頭に男たちが躍りこんでいく。

この日、二十隻の海賊船は一隻も逃げのびることができず、二千五百人はいたと思われる海賊たちも、脱出できた者は五十人に満たなかった。とらえられた者が三百人ほど。他の者はことごとく、水か火か刃によって殺されてしまった。海に面した崖の上で、悠々と見物していたナルサスは、アルスラーンにむかって提案した。

「殿下、万事おちついた後は、かのグラーゼをギランの総督代理となさるがよろしいでしょう」

ナルサスは、論功行賞の結果として、この人事をアルスラーンに勧めたのではない。グラーゼをギラン総督に任じれば、彼は当然のことアルスラーンに対して好意を持つ。仮に国王《シャーオ》アンドラゴラス三世がこの人事を知って不快に思い、グラーゼの総督就任をとりけすようなことがあれば、グラーゼはアンドラゴラスに対して怒りをいだき、アルスラーンに味方するにちがいなかった。

つまりナルサスは、功労者に対して厚く報いるとともに、将来にそなえて、アルスラーンのために有力で有能な味方を確保したのであった。

ナルサスにしてみれば当然の布石である。いずれアルスラーンとアンドラゴラスとの決裂は避けられぬ。とすれば、アルスラーンの味方を増やし、豊かなギランをその勢力範囲の中心として確保しておくのは当然のことであった。もともとアンドラゴラスは剛強《ごうきょう》の武将であり、戦場の雄である。力をもって外敵を撃ちはらい、国内を統制することに熱心であった。交易や、そこから生みだされる富に無関心ではなかったが、それも陸路にかたよりがちであった。彼にとって、パルスを支配する要《かなめ》は、王都エクバターナと大陸公路のふたつであり、ギランや南部沿海地方の比重は小さかったのである。

「だからこそ、アンドラゴラス陛下は王太子殿下を南方へ放逐《ほうちく》なさったのだが、これは天与の好機というものだ。さしあたり、パルスの南半分をいただいておこうか」

エラムをかえりみて、ナルサスは不敵に笑った。その南半分をもアンドラゴラス王が召しあげようとすれば、そのときこそ事態は決定的なものとなろう。

このとき、ナルサスは、陸のパルスと海のパルス、という二重構造の国家を構想していたのだった。強大な国王《シャーオ》の権力と武力によって支配されるだけの単一国家は、強いようでいて、じつはもろい。国をささえる柱は、一本ではたりないのだ。

「王権など、どうせ滅びるものさ。だが、パルスそれ自体は生き残ってほしいものだ」

蛇王ザッハークによって、聖賢王ジャムシードの王統は断ち切られたが、あらたに英雄王カイ・ホスローの王朝が生まれた。この王朝とて、永遠につづくはずはないのだ。いずれ清新なべつの王朝にとってかわられる。

それやこれやで、ナルサスの計略はことごとく的中したのだが、ひとつ大きな誤算は、あらたなギラン総督の人選だった。旧友のシャガードをすえるつもりだったが、彼が信頼できぬとわかったので、予定を変更せざるをえなかったのだ。さいわいグラーゼという人材を手にいれたので、ナルサスの計画はそう狂わずにすんだ。それにしても、シャガードのことがナルサスには気になる。彼がナルサスに対して今や反発すらいだいていることは明らかであった。それは反発にとどまるものだろうか。あるいはもっと積極的な悪意に結びつくものであろうか……。

だが、旧友のことばかり気にしてはいられなかった。頭《かしら》だった海賊のひとりがとらわれており、それを尋問しなくてはならなかった。

アルスラーンの前に引きすえられた海賊は、潮風に灼かれてシンドゥラ人のように黒くなっていたが、パルス人にまちがいはなかった。顔に刀痕《とうこん》があり、髭《ひげ》も剛く、目つきも悪い。見るからに、まともな農民でも職人でもないと思われる。この男が、何やら重大なことを知っていそうだというのであった。

「王太子殿下、ここはお口をはさまず、私におまかせ下さい」

めずらしくそういって、ダリューンが尋問役を買って出た。いろいろと問い質《ただ》してみたが、海賊の口は閉ざされたままだ。

「そうか、話す気になれぬか。それならしかたあるまい」

重々しくダリューンはいい、その声に不吉な響きを感じとって、海賊はびくりと身をすくませた。

「な、何だ、何をするつもりだ」

「拷問にかける」

ダリューンの台詞に驚いたのは、海賊よりもむしろアルスラーンのほうであった。ダリューンは戦場においては豪勇無双だが、抵抗できない者を拷問にかけるような人物ではなかったはずなのに。だがアルスラーンは沈黙していた。そういう約束であったし、ダリューンが拷問などするはずはない、何か考えがあってのことだ、と思ったからであった。

海賊は虚勢を張った。

「ご、拷問などにかけられても、仲間を裏切るようなおれではないぞ。見そこなうな。たとえ爪をはがれても、焼けた鉄棒を押しつけられても一言もしゃべらんぞ」

「そんな野蛮な方法はとらん。パルスは何といっても文明国だからな」

にやりと笑ったダリューンは、片手を伸ばしてナルサスを引き寄せると、海賊にむかって脅迫をはじめたものだ。

「さあ、さっさとしゃべれ。でないと、こいつにお前の肖像画を描かせるぞ。そうすると恐ろしいことになるぞ」

「……おい、どういう意味だ、ダリューン!?」

「まあまあ、ここはおれにまかしておけ」

すましてささやくと、ダリューンは海賊に向きなおった。いかめしい顔つきをつくり、重々しくつづける。

「この男は虫も殺さぬ雅《みや》びな男に見えるが、じつは東のかた絹の国《セリカ》で魔道を学んだのだ。ことに得意なのが絵を使う魔道の技でな。こいつが誰かの肖像画を描くと、描かれた者は生命力を吸いとられ、百歳をすぎた老人同様になってしまうのだ。嘘と思うなら、この場で試してみてもよいのだぞ」

聞くうちに、海賊は青ざめ、身体《からだ》を慄《ふる》わせはじめた。他の者がいったらこのような話を信じたはずはないが、先日、ダリューンの豪勇を見たばかりで、最初から威圧されてしまっている。また、まじめくさったダリューンの顔を見ると、とうていほらを吹いているようには思えぬ。加えて、もともとこの海賊は迷信ぶかい男だった。

さんざん脅かされたあげく、ついに海賊は告白した。彼が知るかぎりのことを、である。

そのなかには、皆が驚かずにいられない事実もいくつかあった。大海賊アハーバックの財宝がサフディー島に隠されていることが最近わかった、ということも、彼の口から語られた。尋問は最大限の効果をあげ、海賊は牢に放りこまれた。ダリューンは、尋問の技術を、ひやかし半分に賞賛された。

ひとり機嫌がよくなかったのは、魔道の画家にしたてあげられたナルサスである。

「どうも釈然とせん。成功したからよいようなものだが、失敗していたら、おれひとり恥をかくところだったではないか」

「でもナルサスがいたからこそ、あの海賊はいろいろ白状したんだよ。ナルサスが一番の功労者だよ」

アルフリードがいっしょうけんめいになぐさめたが、どう見てもこれはひいきのひきたおしというべきだった。

いずれにしても、こうして、アルスラーン王太子の一行は、海賊の隠した莫大な財宝を探すべく、サフディー島へと出かけることになったのである。ただ、このときナルサスには、いくつかの秘かな思案があった。

第三章　列王の災難

I

追放されたはずの王太子アルスラーンとその一党が、ギランの港を制してしまったころ。アルスラーンを追放したパルスの国王《シャーオ》アンドラゴラス三世は、ペシャワールの城にあった。パルス東方国境にあるこの城から、大陸公路を西進して王都エクバターナを奪還する征旅《せいりょ》につこうというのである。

それは追放以前のアルスラーンが実行しつつあった計画であったが、アンドラゴラス王はべつに息子のまねをしているわけではない。これ以外に兵の動かしようがないのである。大陸公路を進む途中で、いざ実戦ということになれば、いくらでも小細工のしようはある。だが、軍略の根幹は動かせぬ。陸路を東から西へ。それしかない。水路をとってダルバンド内海をいくとしても、十万の兵士を乗せるだけの船がない。南方へ大きく迂回《うかい》してエクバターナの西へ出るとしても、それだけの食糧の余裕がない。まっすぐ西へ向かうしかないのだ。

公路上に位置していたルシタニア軍の要害も、ふたつまではアルスラーンによって陥落せしめられた。アルスラーンにしてみれば、父王のために公路の大掃除をやったようなものだ。かくしてアンドラゴラスは大陸公路に乗り出す、はずであった。それができないでいるのは、イルテリシュひきいるトゥラーン軍の存在があるからであった。

いまや若きイルテリシュは親王《ジノン》ではなく国王《カガーン》である。先代の国王トクトミシュを殺害して王位を簒《うば》った彼だが、むろん正式に即位式をおこなったわけでもない。実力と実績によって、彼の王位を万人に認めさせなくてはならなかった。イルテリシュはペシャワール城の北方に兵を集め、攻略の機会をうかがっている。糧食も残りすくなく、イルテリシュとしては疾風のごとく軍を動かして、勝利と、そして糧食を手に入れたいところであった。

パルス国内において国王《シャーオ》アンドラゴラス三世が急速な復活を果たそうとは、イルテリシュが想像もできないことであった。つい先日まで、十万の大軍を領していた王太子アルスラーンは、いったいどこへ消えうせたのか。また、アルスラーンの左右の翼ともいうべき雄将ダリューンと智将ナルサスはどうしたのか。諜者《ちょうじゃ》を放ったていどでは、くわしく知りようもなかった。まったく、パルスでは何事が生じたのであろうか。

だが、とつおいつ考えこんでいる余裕は、イルテリシュにはなかった。戦って勝たねば、先王を殺して自立したイルテリシュの正義を主張することはできぬ。また、もともとイルテリシュは、考えこむより決断と行動を重んじる男だった。

「ペシャワールを陥《おと》し、アンドラゴラスめを生首にしてくれるぞ。そして城内の財貨と糧食は、ことごとくおぬしらに分かち与えよう。生命を惜しまず戦え」

なお健在な将兵を激励し、イルテリシュは軍をひきいてペシャワール城に迫った。熱砂を巻きおこすようなその行軍は、パルス軍の諜者が知るところとなって、報告が万騎長《マルズバーン》キシュワードにもたらされた。彼はさらに、国王アンドラゴラスにその旨《むね》を言上《ごんじょう》した。

「トゥラーンの狂戦士が」

イルテリシュのことを、双刀将軍《ターヒール》キシュワードはそう表現した。

「大軍をもって、ふたたびこの城に迫っており由《よし》にございます。その動きに、すさまじいほどの覚悟が見えますとか」

「覚悟だけで勝てるものなら、人の世に敗戦《まけいくさ》というものは存在せぬわ」

アンドラゴラスは低く笑った。イルテリシュが生まれる前からアンドラゴラスは戦場に出て、戦いのおそろしさを知悉《ちしつ》していたのである。今年四十五歳になるアンドラゴラスは、笑いをおさめて考えこんだ。御前にかしこまるキシュワードにいう。

「とにかく、トゥラーンの狂戦士どもは、城攻めは苦手なのだ。ペシャワールの城壁によって奴らに軽挙の報いをくれてやろう」

そう口にしたものの、アンドラゴラスとしては、長くトゥラーン軍などにかかわりあってはいられない。一日も早くペシャワールを発して王都への征旅に出ねばならぬ。そのためには、背後の敵であるトゥラーン軍を完全にたたきつぶしておきたい。だがトゥラーン軍は強い。認めたくはないがそれは事実である。むろん負けるとは思わぬが、勝つために犠牲を強《し》いられることは確かだ。人命と時間と。どちらも現在のパルス軍にとっては貴重なものであった。

御前を退出したキシュワードは、国王のために必勝の策を練らねばならなかった。城内にいるいまひとりの万騎長クバードは、国王の半径十ガズ（約十メートル）以内に近づこうとせず酒ばかり飲んでいる。国王のほうもクバードを近づけようとせぬ。気苦労の多い役はキシュワードが引き受けざるをえなかった。それを不満に思っているわけではけっしてないが、

「このようなとき、ナルサス卿がいてくれたらな」

キシュワードは溜息《ためいき》をついた。短時日《たんじじつ》のうちにトゥラーン軍を撃破するには、よほどの詭計《きけい》が必要であった。たとえば、先だってナルサスがしかけて同志討をトゥラーン軍に演じさせたような。

現在ペシャワール城にいるアンドラゴラスもキシュワードもクバードも、戦場の雄であ

るが、そのような詭計は得意ではない。どうすべきかを考えこんだキシュワードが、ふと眉を開いた。思いあたることがあったのだ。

かつて軍師ナルサスが王太子アルスラーンとともにペシャワール城内にあったとき、キシュワードに一通の書状を託したことがあった。

「もしキシュワード卿がこの城にあり、ごく短い期間に攻城軍を撃退する必要が生じたときには、この策を用いられよ。何ほどかのお役には立とう」

と。その直後、アンドラゴラス王の生還、王太子の追放と事件がつづき、キシュワードはそれを失念していた。思い出したキシュワードは、ナルサスの計画書を読み、くりかえしうなずくところがあった。彼はクバードの部屋を訪れ、さらにイスファーンを呼んで、打ちあわせをおこなった。

六月二十二日夕刻、トゥラーン国王を自称するイルテリシュは、全軍をひきいて北方からペシャワール城に肉迫してきた。

トゥラーン軍はすでに猛将タルハーンらを失い、兵数も三万ていどに減っている。それでも闘志と迫力は充分だった。地をとどろかせ、中天《ちゅうてん》にまで土煙を巻きあげつつ殺到してくる。それに対し、パルス軍の迎撃は意表をついた。自ら城門を開き、燦然《さんぜん》たる甲冑《かっちゅう》の河となって城外へ流れ出てきたのである。

「ほう、城から出てきたか。望むところだ」

イルテリシュは両眼をぎらつかせた。パルス軍がペシャワールの城壁に拠《よ》って防戦すれば、トゥラーン軍とて攻めあぐむ。だが、城外で野戦するとなれば……。

「負けるものか。二倍の敵とて、正面から撃砕してくれるわ」

そうイルテリシュは思っている。パルス軍を相手に、これほどの自信を持つ者は、イルテリシュ以外にいないだろう。一度はたしかに敗れたが、それは詭計にかかったためであって、実力で劣ったためではない。そのことをイルテリシュは証明してやるつもりだった。

イルテリシュは頭上で大剣を舞わし、全軍の先頭に立って、憎むべきパルス軍めがけて突進していった。

II

なまぐさい人血の霧が地上に流れた。剣と剣が激突し、甲冑がたたき割られ、斬り裂かれた肉体から血がほとばしった。

城外に突出したパルス軍を指揮していたのは片目のクバードであったが、このときの戦闘ではトゥラーン軍に押されぎみであった。

「ここで負ければ、トゥラーンは地上から消えるぞ！　者ども、死ね」

イルテリシュの命令はすさまじく、トゥラーンの兵もまた強い。槍先《やりさき》をそろえて猛然と進み、パルス兵の列を突きくずした。両軍の刀身《とうしん》と槍身《そうしん》がからみあい、暮れなずむ空に不気味な金属音をひびかせる。

「死兵というやつだ。まともに戦うのは愚かというものだな」

クバードはつぶやいた。彼自身の大剣と甲冑はトゥラーン兵の血で紅く塗装されていたが、個人の武勇だけで全体の勢いをくつがえせるものではなかった。

「退《ひ》け！」

大声でそう命じると、クバードは、さっさと馬を返して退却しはじめた。彼の部下たちも、つぎつぎと剣をひき、馬首をめぐらして退いていく。最初は整然たる退却であったが、その機をのがさず、飢えた獅子《シール》のようにイルテリシュは喰《く》らいついた。

進むトゥラーン軍と退くパルス軍との軍列がまじりあい、激しい揉《も》みあいがおこった。振りまわす剣は、斬るというより殴りあいの武器となって、甲冑の表面にはねかえる。やたらと組みあうと、そのままの姿勢で身動きがとれず、揺れ動く人馬の波に押されて馬上から転落し、そのまま踏みつぶされてしまうありさまだ。

だが、揉みあいはそのままトゥラーン軍の攻勢に押される形で前進し、人馬の波はペシャワールの城壁に触れんばかりになった。

「突入しろ！　ペシャワール城はおれのものだ」

馬上に伸びあがってイルテリシュはどなった。そのとき、あらたに喊声《かんせい》があがって、右前方からパルス軍の一部隊が殺到してきた。これを指揮していた騎士は、万騎長《マルズバーン》シャプールの弟イスファーンであった。ひきいるのは騎兵ばかり二千ほどである。

「しゃらくさい、もみつぶせ！」

イルテリシュの命令を受けて、トゥラーン軍は突進し、パルス軍を蹴散らした。この部隊はもろかった。たちまち陣形をくずし、イスファーン自身もイルテリシュと剣をまじえたが、たちまち馬首を返して逃げ出してしまう。

トゥラーン軍はついにペシャワール城内に乱入した。それは血に染まった、たけだけしい騎馬と甲冑の濁流であった。トゥラーン語の雄叫《おたけ》びを放ち、血に酔った目をぎらつかせながら、侵入者たちは石畳に馬蹄《ばてい》を鳴らし、逃げまどうパルス軍を追いまわした。怒号と悲鳴が交叉し、城内は血なまぐさい混乱に満ちた。

そのありさまを城壁上からながめおろして、キシュワードはひとつうなずいた。

「まことに智者とは貴重な存在だ。ナルサス卿の機謀は、このときこの場に在らずして、この勝利をえるか」

キシュワードの眼下で、トゥラーン軍が勝ち誇り、パルス軍をたたきのめそうとしている。キシュワードは手にした松明《たいまつ》に火をつけると、高々とそれを夜空へ投げあげた。

それが合図であった。城壁上に甲冑のひびきが鳴りわたって、数千のパルス兵が身をおこした。「やっ」と驚く暇もない。突進するトゥラーン軍の先頭で、悲鳴があがった。巧みに隠されていた陥し穴に突っこんでしまったのだ。馬がもがき、人があせる。それほど深くも広くもない穴だったが、城壁上から木材や土砂が降ってきて、たちまちトゥラーン軍の前方をさえぎってしまった。猛進してきた侵入者たちは、進むこともできず、退くこともできず、立ちつくしてしまった。

「射よ！」

キシュワードの命令が下ると、城壁上のパルス兵たちはいっせいに弓を並べ、地上のトゥラーン軍にむけて矢をあびせはじめた。

ごうっと夜風が鳴りひびき、降りそそぐ矢は死の雨となってトゥラーン軍をつつみこんだ。前進できぬ。後退できぬ。よけることもかなわぬ。トゥラーンの兵士と馬は、悲鳴をあげて倒れ、おりかさなって死体と化していった。息たえた人馬の身体にも、さらに矢が突き立ち、まるで針を植えた肉の丘が地上に盛りあがるかと見えた。

「はかられたか！」

イルテリシュはうめき、両眼に血光をたたえた。城内にひきずりこまれ、罠《わな》にはめられたのだ。野戦で勝敗を決する気など、パルス軍にはなかったのである。

「引き返せ！　脱出せよ！」

城門の内外で、その命令はすでに実行されて、トゥラーン軍は必死の脱出をはかっていた。カルルック将軍が声をはげまして味方の陣列をととのえ、パルス軍の反撃を押し返そうとする。そこへ立ちはだかったのは、クバードひきいる一隊であった。槍をかまえるカルルック将軍に、クバードが笑いかけた。

「おれもときには武勲《ぶくん》をたてておかぬと、大きな面《つら》ができぬのでな。おれがでかい面をするために、気の毒だが犠牲になってくれ」

「世迷言《よまいごと》もほどほどにしろ！」

憤然として、カルルックは槍を突きかけた。クバードの大剣がそれをはじき返す。五、六合《ごう》、火花を散らしたが、クバードの大剣がカルルックの槍身を両断し、返す一閃《いっせん》でカルルックの首を刎《は》ねとばしてしまった。首を失ったカルルックの身体は、槍をつかんだまま十歩ほど走って、馬上から転落した。

このとき、ディザブロス将軍も、「狼に育てられた者《ファルハーディン》」の異称を持つイスファーンと戦って、馬上から一刀のもとに斬り落とされていた。

その他、トゥラーン軍の名だたる騎士も、つぎつぎとパルス軍によって討ちとられ、野に屍《しかばね》をさらした。ペシャワール北方の山野はトゥラーン人の血の匂いに満たされた。

この夜、トゥラーン将兵の遺棄された死体は二万五千を算《かぞ》えたという。このようなとき、首と胴とをべつべつの死体として算えてしまうこともあるので、実数はそれよりすくなかったにちがいない。だが、三万のトゥラーン軍がその大半を失ったことは事実であった。生命が助かった者たちも、もはや抗戦する気力はなかった。隊列を組むことすらできず、ばらばらの方向へ逃げ散っていった。勝ちに乗じたパルス兵がそれを追いかけ、追いつめていく。

大陸公路の北方草原に勇猛を誇ったトゥラーン軍は、ここに潰滅《かいめつ》した。むろん、本国にはなお数万の民が残っているが、女性と老人と子供がその大部分である。指導者を失い、強大な軍の大半を失い、トゥラーンが再建されるには、十年はかかるであろう。

ペシャワール城は大勝利の歓呼に満たされた。パルス軍の死者は千にとどかなかったのだ。大広間に悠然と姿をあらわしたアンドラゴラス王は、おもだったトゥラーン人武将の首級《しゅきゅう》を検分すると、キシュワードに問うた。

「イルテリシュはどうした？」

「申しわけございません、討ちもらしました」

イルテリシュの勇猛は、さすがに尋常なものではなかった。あれほど巧妙な罠をかいくぐり、厚い包囲を突破して、ついに逃げおおせたのである。彼のために、二十人以上のパルス兵が殺された。最初に彼と剣をまじえて、逃げるふりをしなくてはならなかったイスファーンが、かなりしつこく追いかけていったが、とうとう逃げられてしまったのである。

「まあよい。イルテリシュめは軍勢を失った。奴ひとりがいかに勇猛を誇ろうとも、二本の腕だけで何ができよう」

アンドラゴラスは笑いすてた。

「ご苦労であった、キシュワード、王都をみごと奪回したあかつきには、おぬしの功に厚く酬《むく》いるであろう」

城内にトゥラーン軍をおびきよせ、罠にはめた、その作戦はキシュワードが考案したものとアンドラゴラスは思っている。キシュワードは心ぐるしかった。その作戦は、ナルサスが考えたものなのである。だが、そのことを口に出すわけにはいかない。「かならず他言無用のこと」とナルサスは記していた。たしかに、この作戦がナルサスの頭脳から出ていると知れば、国王は不快がるであろう。いまは一時、功を借りておくとしよう。後日、すべてを明らかにする以外にあるまい。

そう心さだめたキシュワードの耳に、全軍に宣告するアンドラゴラス王の声が聴こえた。

「後方の憂いは除かれた。今月の末に、全軍ペシャワールを発して王都への征路につくであろう。いよいよ国を再興する秋《とき》である。諸将、こぞって勝利のために励めよ」

III

勝ち誇る王者もいれば、失意の王者もいる。かろうじて戦場を離脱したイルテリシュは、夜の野を駆けつづけていた。

「ちっ、このようにぶざまな姿となって、サマンガーンへ帰ることもできぬわ。生命こそ拾ったが、おれの人生もこれで終わりか」

馬上でイルテリシュは自嘲《じちょう》した。かえりみれば、ひとりの部下もいない。ことごとく、パルス軍の重囲のなかで落命したのである。いまやイルテリシュは地上でもっとも孤独な王者であった。

パルス軍は彼を追って来るであろう。故国トゥラーンでも、前王トクトミシュを殺したイルテリシュを温かく迎えてくれることはあるまい。否《いな》、数万の戦士をむなしく死なせたイルテリシュを赦《ゆる》すはずがなかった。サマンガーンにもどったりすれば、イルテリシュは寄ってたかって縛りあげられ、自殺させられるであろう。失敗をかさねた簒奪者《さんだつしゃ》を生かしておくほど、トゥラーンの習俗は甘くないのである。

あてもないままに、イルテリシュは、夜の野を西南方へと疾駆《しっく》していった。やがて乗馬の足どりが重くなってきた。騎手におとらず、乗馬もじつによく働いたのである。

イルテリシュは馬をおり、すこし休息することにした。道をはずし、小山ほどもある岩蔭にひそんだ。冷えきった砂地に腰をおろし、呼吸をととのえる。だが、休息は長いことではなかった。ある気配が彼を刺し、失意のトゥラーン騎士ははねおきて身がまえた。半ば夜にとけこむように、ひとりの男が立っていた。

「……トゥラーンのイルテリシュ陛下であられますな」

「何者だ、きさまは」

「あなたさまの味方でございますよ。あなたさまをお救い申しあげようと存じましてな」

暗灰色《あんかいしょく》の衣の男がささやくと、イルテリシュは鼻先で笑いとばした。

「何をおためごかしな。おれに取りいって何やら利益をえようという魂胆だろうが」

「や、これは手きびしい……」

「あいにくであったな。おれなどに取りいっても、パルス銅貨一枚の得にもならんぞ。取りいるなら他の奴にしろ」

「ですが、あなたさまは偉大なるトゥラーンの国王《カガーン》でいらっしゃいましょう」

「ひとつかみの土も持たぬ国王よ」

若く猛々《たけだけ》しいトゥラーンの騎士は、頬をゆがめてふたたび自嘲した。暗灰色の衣をまとった男はその表情をながめて、奇妙な光を両眼にたたえた。

「ひとつかみの土どころか、イルテリシュ陛下、地の涯《はて》までも陛下のご両手に載せてさしあげましょう」

「何だと」

「トゥラーン本国はもとより、パルスをも制し、さらにシンドゥラも制し、大陸の中央部をことごとく陛下が支配なさいませ。不肖《ふしょう》ながら、この身が、陛下にお力ぞえをいたします」

男は熱っぽく舌を回転させた。イルテリシュは自嘲の表情を消し、うさんくさそうに相手を見やった。彼は粗野なトゥラーン人であり、迷信深いところもあった。だが、勇猛な戦士であり、いかがわしい邪教や魔道の輩《やから》を好まぬ男だった。好意のかけらもない声で、イルテリシュは正面から詰問《きつもん》した。

「何をたくらんでおるのだ、きさま」

「たくらむなどと、めっそうもござらぬ。蓋世《がいせい》の英雄が悲運におちいり、あたら流亡の身となっておられるのを座視できぬ、そう思えばこそでござる」

「おためごかしはやめろといったはずだっ」

怒号の半ばで大剣が鞘《さや》ばしり、強烈きわまる斬撃《ざんげき》が、暗灰色の衣の男にむかって飛んだ。夜気が裂けた。常人なら一撃で斃《たお》されていたにちがいない。だが、男は常人ではなかった。イルテリシュの必殺の一閃は空《くう》を斬っただけであった。人より鳥に近い身ごなしで一回転して立ちあがった男は、口もとをゆがめた。

「ふん、しょせんトゥラーン人は粗雑な野蛮人よ。馬を駆り、羊肉を喰《くら》い、掠奪《りやくだつ》と殺人を好む半獣人でしかないわ。いかに理を説いても、かたむける耳を持たぬとは、あさましいかぎり」

「ほざくな、魔道の輩！　そのけがらわしい舌を斬りとって胡狼《ジャッカル》の餌にしてくれるぞ」

イルテリシュの両眼が光り、大剣もまた光って、魔道士に襲いかかった。すさまじい斬撃を、またしても魔道士はかわした。だが、かわすのが精いっぱいであった。反撃する余裕もなく、魔道士は体勢をくずして地に倒れた。そこへ第三撃が落下した。魔道士の首は胴から離れ、月をめがけてはね飛んだ。しとめた、と、イルテリシュは思った。だが、それも一瞬のことであった。彼の剣尖にかかったのが暗灰色の頭巾にすぎぬとわかったとき、その頭巾は宙でほどけていた。暗い色の、細長い布が、蛇のように躍りながら襲いかかってくるのをイルテリシュは見た。

トゥラーン人の顔に、布は生あるもののように巻きついた。暫時《ざんじ》の後、どうとイルテリシュは地に倒れた。手に剣を持ったまま横たわり、わずかに全身を痙攣《けいれん》させる。魔道士は息を吐きだした。と、それを合図のようにもうひとりがあらわれた。

「やれやれ、てこずらせおって。まこと、トゥラーンの狂戦士とは、この男にふさわしい異名じゃて」

すると悦《えつ》に入《い》った笑いが答えた。

「この猛々しさがなくては、とうてい蛇王ザッハークさまの憑依《よりしろ》にはなりえぬて。よきかな、よきかな。エクバターナの尊師も、われらの功をお喜びあろう」

奇怪な術を用いて、トゥラーンの若い狂戦士を気絶させたふたりの男。彼らは、エクバターナの地下深くに潜む暗灰色の衣の魔道士にとって弟子にあたる者たちであった。そして彼らは、蛇王ザッハークが再臨することを熱望し、この世が闇に帰ることを願っていた。そのために過去も現在も努力をかさねていたのである。

「しかし、グルガーンよ。尊師がザッハークさまの憑依にと考えておられたのは、かのヒルメス。てっきり、おれはそう思っていたのだが、ちがったのだな」

「尊師のご深慮、われらの測り知るところではない。ただ、おのれの分を果たすのみだ」

おごそかに、魔道士たちは彼らの指導者に対する礼をほどこした。彼らの作業は、まだ終わったわけではなかった。屈強な男の身体を目的地へ運ばねばならず、そのためには、彼らの努力がなお必要であった。

トゥラーンの悍馬《かんば》は、最初、激しい鼻息で魔道士どもの手をこばんだが、夜風に乗って何やら呪文が耳にとどくと、おとなしくなった。むしろおびえたように不動の姿勢をたもつ。

さらに魔道士どもは、意識を失ったトゥラーンの僭主《せんしゅ》の身体から甲冑をぬがせた。イルテリシュは中背ながら筋骨たくましく、彼の身体を馬の背に押しあげるのに、魔道士たちは予想以上の苦労を強いられた。すべては蛇王ザッハークの再臨にそなえてのことであった。やがて、主人の身体を背に乗せたトゥラーン馬は、ふたりの魔道士に見えざる糸であやつられながら、夜の野を音もなく西へと歩み去っていった。

Ⅳ

騎士見習エトワール、本名をエステルというルシタニア人の少女は、おとなでも背負いきれぬほどの荷物をかかえこんでいた。目に見えぬ重荷は、ふたつあった。ひとつは、聖《サン》マヌエル城からずっとつれてきた傷病者たちの世話をすること。もうひとつは、王弟ギスカールの手によって幽閉されたと思われる国王陛下、つまりイノケンティス七世を救出することであった。

あと一か月たたねば十五歳にもならぬ少女が、この難事業をふたつともやりとげようというのだ。普通なら、考えただけで気が遠くなるようなことである。だが、エステルの精神は、たいそう弾力に富んでいるようであった。自分の立場が困難であることに意気消沈するより、自分のやろうとしていることの意義を思って、元気いっぱいだった。

傷病者たちの世話については、アルスラーンがひそかに持たせてくれた金貨が役だった。一軒の家を借り、彼らをそこに住まわせることができた。ほとんど傷がなおった老人がいたので、彼に金貨を渡して、仲間の世話をしてもらうことにした。三か月ほどは、生活に困ることはないはずだ。

こうして六月二十三日になると、エステルは、もうひとつの課題に集中することができるようになった。つまり、国王さまを救出することである。

その夜、エステルはパルス王宮の裏庭に忍びこんだ。何日もの間、くりかえし観察して、警備兵の巡回のようすや塀《へい》のありさまを確認している。かつてパルス軍とルシタニア軍との間で市街戦がおこなわれたとき、石弾が撃ちこまれて塀の一部がくずれた。その塀に革《かわ》紐《ひも》をかけてよじ登り、さらに糸杉の幹に移動して、荒れはてた裏庭におりたったのである。

国王を救出することはルシタニア人として当然の義務だ。エステルはそう考えていた。なにしろ彼女は王さまと直接、会話をかわしたのである。王さまを救出して忠誠をつくし、一方、王さまのお声がかりで傷病者たちをきちんと保護していただこう。それがエステルの考えだった。

この夜、エステルは何とかして王さまと再会し、かならずお救い申しあげます、と知らせるつもりだった。いくら勇敢な少女でも、単身でたちどころに国王を救出できるとは思っていなかったのである。

さて、この当時、パルスにおいてもっとも不幸な人間は誰だったろう。

「二千万の人間がいれば、二千万種の不幸があるものだ」

と、ナルサスはいったものだが。

王都エクバターナを占領したルシタニア軍も、かつての幸福な時期をすぎて、不幸の後姿を見るようになっていた。掠奪した財宝をかかえてさっさと故国へ帰りたいのに帰れないのが兵士たちの不幸であった。かつての強大さをとりもどしつつあるパルス軍と戦わねばならず、それなのに必勝の策をたてようもないのが将軍たちの不幸であった。この重大なときに、国王がまったく頼りにならぬのが、将軍たちと兵士たちとの共通の不幸であった。そして当の国王はといえば、王座についている尊貴の身がないがしろにされ、弟の手によって幽閉され、愛しいパルス王妃タハミーネには逃げられて、たいそう不幸であった。そして兄を幽閉した王弟ギスカールも、いくつもの難題をかかえこんで不幸であった。要するに、パルスとマルヤム、ふたつの国を踏みにじり、多くの犠牲者の屍をつみあげながら、誰ひとり幸福になれないというのが、ルシタニア全体の不幸であったのだ。

ギスカールは、落ちつかない日々をすごしている。

ルシタニア軍の総帥として、彼は政治に軍事に、できるだけの策を講じてきたが、状況はいっこうに好転しなかった。いよいよ名実ともにルシタニアの国王となるのだ、という決意がなかったら、難局を投げ出して雲がくれしてしまいたいところだった。誰にも話さなかったが、パルス征服完了の時点で幸福を費いはたしてしまったような気もしている。

エクバターナ市民の皆殺しを提案した狂信的な兵士の一団がいた。彼らは王弟ギスカールによって、王都の城外へ出された。その数、約五千人。ギスカールは、彼らを、パルス軍が大攻勢をかけてくるときの、生きた防壁にするつもりだった。冷酷と承知の上で、ギスカールは、めんどうの種を早めに処理してしまうつもりだったのである。

「とにかく、後日のためにと思って殺さずにおいたばかりに、いろいろと不本意な目にあう。もう、目ざわりだと思った奴は、その場で処断してしまおう」

ギスカールとしては、もう、こりごりなのであった。アンドラゴラス王を生かしておいたばかりに、どんな目にあったことか。兄王を「あほうでも兄は兄だ」と思って王座にすわらせていたばかりに、どれほど困難を呼びよせてしまったことか。どれもこれも、良識的であろうとつとめたばかりに、よけいな苦労をするはめになった。いまマルヤム国にいるボダン大司教をふくめ、どいつもこいつもきれいにかたづけてくれよう。そう考えつつ、ギスカールは六月二十三日を迎えたのだ。

奇妙な囚人がエクバターナにあらわれたのは、その日、街に薄暮《はくぼ》が舞いおりる時刻であった。

「マルヤム王国の内親王が囚《とら》われたそうな」

その噂がルシタニア軍の内外に流れ、やがて正式な報告となって王弟ギスカール公爵のもとにもたらされた。事情はつぎのようなものであった。

例の狂信的な兵士たちの一団は、エクバターナの城外に追い出され、大陸公路で往来する旅人たちを監視していた。それが公路からそれようとした徒歩の一団を見て、普通なら気にもとめぬところを狂信者らしい猜疑《さいぎ》ぶかさで追及したのである。マルヤム語を耳にした彼らは、「この異端の徒《やから》め」というわけで彼らの半数を虐殺し、半数をとらえたのであった。そのときマルヤム人に同行していたパルス人の若者が剣と弓矢で六人のルシタニア兵を斃《たお》し、包囲を破って逃走したということであった。

逃走した若いパルス人のことを、ギスカールはすぐに念頭から追いはらった。王弟の頭脳に、このとき悪魔が棲みついたのだ。いや、彼はいくつも胸中に策略をたくわえており、そのひとつがこのとき目をさましたのであった。

そのマルヤムの王女とやらに兄王を害させてやろう。

そうギスカールは考えたのである。もはや兄王を生かしておいても何ら益はない。これまで充分すぎるほどつくしてきた。そう思いつつ、さていざ殺すとなると、兄殺しの非難を受けるのがこわい。ギスカールの思案は堂々めぐりするばかりだった。

だが、ルシタニアに怨《うら》みを持つマルヤム人に兄王を殺させ、その犯人をただちに処刑してしまえばよいではないか。一石二鳥、しかも巨大な鳥を二羽、墜《お》とすことができる。

さっそくギスカールは手はずをととのえたが、にわかに王宮の一角が騒がしくなった。

「いったい何ごとか、騒々しい」

王弟殿下に叱りつけられ、夜衛の隊長は恐縮した。

「おさわがせして申しわけございませぬ。何者かが王宮の庭に侵入いたしまして、兵士どもが追いまわしております」

「刺客か?」

「それがどうも子供のようでございまして」

「子供が何のために王宮に忍びこむのだ」

王弟の問いに、隊長は答えられなかったが、ギスカール公は長きにわたって疑問をかかえこむ必要はなかった。彼が三、四枚の書類に署名し、花押《かおう》を書きいれたころ、ふたたび夜衛の隊長があらわれて、侵入者をとらえたことを報告したのだ。

「その者、ルシタニア人にて騎士見習のエトワールと名乗りおります。聖《サン》マヌエル城にて殉死《じゅんし》せしバルカシオン伯の知人と申しておりますが、いかが処置いたしましょうか」

興味をおぼえたギスカールは、会ってみることにした。こうして、騎士見習のエトワールことエステルは、王弟殿下との対面を果たすことになったのである。まったく意外な形で、ではあったが。

両腕を警固の騎士につかまれて、エステルはギスカール公の御前に引き出された。男装ながら少女であることは、すぐに判明した。ギスカールは自ら尋問することにした。

「おぬし、何のゆえあって王宮に忍びこんだ？　ルシタニア人としてあってはならぬ非礼のわざである。ただちに処刑すべきところであるが、事情によっては罪を減免してやってもよい。正直に申したてればよし、さもなくば容赦せぬぞ」

エステルはひるまない。自分のおこないは幽閉された国王陛下を救うための行動だと明言し、逆にギスカールを弾劾《だんがい》すらしてのけた。

「あなたさまは、兄君であられる国王陛下を幽閉し、専権をふるっておられます。人の弟としても臣下としても道にそむくものではございませんか」

「だまれ、小娘！」

ギスカールは一喝した。エステルの主張は理としては正しいが、ギスカールにしてみれば「事情も知らぬくせに、えらそうな口をきくな」といいたいところである。イノケンティス七世が国王らしいふるまいをしたことが一度でもあるか。

事実上のルシタニア国王は、このおれだ。

ギスカールは、その声をかろうじてのみこんだ。表むきはどこまでも、自分が国王に忠実であると思わせねばならない。彼は呼吸をととのえ、声をやわらげた。

「おぬしが何を誤解しておるのか知らんが、私は弟として兄をないがしろにしたことは一度もないぞ。兄に一室にこもっていてもらうのは、兄の生命を守るためなのだ」

「国王さまを守るため……？」

「そうだ。じつはマルヤムの遺臣《いしん》が、わが兄の生命をねらっておる。それゆえ、兄の身を宮殿の奥深くに置き、警固を厳重にするのは当然のことだ。おぬしにもわかる道理だと思うがな」

エステルはとまどった。ギスカールのいうことは理にかなっている。また、初対面の王弟殿下は、力強く堂々とした壮年の人物で、知性と胆力《たんりょく》をそなえ、人の心に信頼と尊敬の念をおこさせるに充分な印象であった。

だが、それにもかかわらず、ギスカールが虚言《きょげん》を弄《ろう》していることをエステルは悟った。あるいは単なる思いこみでしかないかもしれぬ。しかし、王弟の言動の、根本的なところで、エステルは不信感をいだいた。

「王弟殿下に申しあげます。いかにおっしゃろうとも、それは殿下のおことば。私としては、国王陛下ご自身から、事の真実をうかがいとうございます。それにて納得がいきましたら、どのような罪にも服しますゆえ、国王陛下に会わせていただきとう存じます」

少女がそう主張し、いくらなだめてもすかしても退こうとしないので、ついに王弟は激怒した。

「ものの わからぬ小娘め。これ以上、相手にしておる暇はないわ。しばらく地下牢に閉じこめて頭を冷やしてやれ」

ギスカールが合図すると、両側の騎士が腕を高くあげてエステルの身体を吊りあげた。踵《きびす》を返して王弟の御前から退出する。扉が閉ざされ、少女の姿が消えると、ギスカール公は大きく舌打ちの音をたてたのであった。

V

この夜、ルシタニア人に占拠されたパルスの王宮は、招かれざる客に満ちているようであった。

広い庭園を巡回していた兵士のひとりが、尿意をおぼえて巡回路からはずれた。高い石塀と樹木の間にはいりこみ、槍を塀に立てかけて放尿していると、何やら黒い影が塀の上から身を躍らせて地に立ったのだ。

仰天した兵士は、あわてて槍に手を伸ばしたが、「がっ」と異様な声を発してのけぞった。黒い影が石を投じ、それが兵士の鼻柱を砕いたのだ。兵士は気絶し、自分が放った尿の上に倒れこんだ。

黒い影はつぶやいた。

「王宮で立ち小便するとはな。ルシタニア人は噂のとおりの野卑な蛮人と見える」

月の光に照らされた顔は、若々しく、妙に不機嫌そうであった。ゾット族の族長ヘイルターシュの遺児で、名をメルレインという。マルヤム人一行とともにいた若いパルス人とは、すなわち彼のことであった。

メルレインがもぐりこんだ庭園には、素馨《ジャスミン》や桃金嬢《マートル》の手入れされぬ繁みの間を人工の小川が流れており、月光を受けた川面は水晶のようにきらめいていた。かつてはよほど美しい庭であったにちがいない。と、にわかに激しい人声と物音がした。ルシタニア語の叫びがとびかい、誰かが誰かを追いまわしているらしい。と、にわかに人の気配がして、桃金嬢の茂みがゆれ、子供らしい人影がメルレインのすぐそばに飛びこんできた。メルレインが身がまえるより早く、相手のほうが最初ルシタニア語を発し、ついでパルス語で同じことをいった。

「何だ、お前は」

「お前こそ何者だ」

その人影は、騎士たちの手をすりぬけて逃げだしてきたエステルであったのだ。パルス人の若者とルシタニア人の少女は、非友好的な視線をかわしあった。たがいを怪しく思うのは当然であったが、ともに王宮警備のルシタニア兵から追われる身であることが、ようすでわかった。どちらからともなく話しかけようとしたとき、絶叫がひびいてきた。

「一大事じゃあ！　国王陛下がマルヤムの王女にお刺されあそばした。出あえ、出あえ！」

その叫びはルシタニア語であったから、エステルには理解できたが、メルレインには意味がわからなかった。だが、彼の反応の速さは、エステルに劣らなかった。エステルが声の方角へ駆け出すと、一歩だけ遅れてメルレインが後を追った。

「一大事じゃ」の叫びは王宮の天井や壁に反射し、あわただしい足音や甲冑のひびきが入り乱れた。混乱をぬって、エステルとメルレインは走った。メルレインにしてみれば、生まれてはじめて踏みこんだ王宮のようすをよく見物することもできなかった。

……それより千を算《かぞ》えるほどの時間をさかのぼる。

マルヤムの内親王イリーナ王女は、盲目の身をただひとり、王宮の一室に置いていた。亡《ほろ》ぼされた故国からしたがってきた臣下たちと引き離されている。信頼する女官長ジョヴァンナも、どうなったやらわからぬ。人声が遠く、わずかな夜気の動きに乗ってただようだけだ。

おそらく殺されるであろう。イリーナは覚悟を決めざるをえなかった。ルシタニア人の暴虐と無慈悲は、身にしみてわかっていた。しかも、ただ殺されるだけではすまないだろう。残忍な拷問にかけられるか、凌辱《りょうじょく》されるかもしれなかった。そのようなことになったときには……そう思ったとき、室内の空気が動き、固いものが触れあう音がした。扉が開いて閉じ、何者かが彼女のいる部屋にはいってきたのだ。絨毯《じゅうたん》を踏む足音が近づくと、流亡の王女は身をかたくした。彼女の耳は、不審そうな、力強さに欠ける中年の男の声をとらえた。

「予はルシタニアの国王じゃ。イノケンティス七世じゃ。そなたは何者で、ここで何をしておるのかな」

驚愕《きょうがく》の冷たい手が、イリーナを凍結させた。いま自分は何者の声を聴いたのだろう。彼女に近づいてきた中年の男の声は、ルシタニア国王だと自称している。まさか、そんなことがあってよいものだろうか。マルヤムの国を侵掠《しんりゃく》し、イリーナの一族を虐殺した仇敵《きゅうてき》が、彼女のそばに来ているとは。

イリーナの右手が慄《ふる》えた。慄えながら、彼女の右手は衣裳の下にすべりこんでいた。わずかに彎曲《わんきょく》した細刃のマルヤム短剣が、内親王の衣裳の下に隠されている。自殺用の短剣であった。敵にとらわれ、拷問や凌辱を受けるようなことがあれば、これで自らの生命を絶とう。そうイリーナは決意していた。ルシタニア軍にとらわれたとき、短剣が発見されなかったのでイリーナはほっとしたのだが、じつは発見されていたのだ。それがとりあげられなかったのは、王弟ギスカールのひそかな指示によるものであった。

イリーナの右手が、ひるがえった。白く細くひらめいたのは短剣の刃《やいば》である。閃光がルシタニア国王のしまりのない頬をかすめ、薄い血の線が皮膚にはじけた。

「わわわ、何をする……！」

イノケンティス七世は喚《わめ》いた。頬に掌《てのひら》をあて、そこに血を感じて、彼は動転した。しそんじた、と知ったイリーナが、ふたたび短剣を振りかざす。

単に膂力《りょりょく》だけのことなら、イノケンティス七世はイリーナ内親王を大きく凌駕《りょうが》している。だがルシタニア国王の皮膚の下に詰まっているのは、勇気でも胆力でもなく、脂肪と贅肉《ぜいにく》でしかなかった。

第二撃をかろうじてかわすと、イノケンティス七世は足をもつれさせて転倒し、必死にはい起きて守護者の名を呼んだ。

「イアルダボートの神よ、助けたまえ」

ルシタニア国王の悲鳴に、マルヤムの内親王の叫びがかさなった。

「イアルダボートの神よ、われに御力をお貸し下さい。マルヤム王国を滅ぼし、神の御名を辱《はず》かしめるルシタニアの蛮人を、どうか討ちとらせて下さいませ」

刺そうとする者、刺されかかった者、ともに唯一絶対の神を信じる身であった。どちらの声にも、神は応えようとしなかった。と、室内の気配を察したかのように、扉の外から警護の騎士たちが声をかけてきた。

「国王陛下、ご無事でございますか!?」

その声が国王の顔に生色をよみがえらせた。

「おお、予はここにおる。忠実な騎士たちよ、そなたらの国王を助けるのじゃ」

「かしこまりました、ただちに」

騎士たちの返答に、イノケンティス七世は安堵《あんど》した。ところが、いっこうに騎士たちは国王を救いに来ない。扉を鳴らしながら、何やら騒ぎたてるばかりだ。

「何をしておる！　早く予を助けよ！」

イノケンティス七世が悲鳴を放つと、騎士たちは声をそろえて答えた。

「国王陛下、扉に身をお寄せくださいませ。すぐにお助け申しますほどに」

その声に、どたどたと床を踏み鳴らしながらイノケンティス七世はしたがった。扉に身を寄せ、「ここにおるぞ」と喚く。それは盲目の王女に、自分の位置をはっきりと知らせることであった。しかも、扉に身を貼りつけてしまうと、にわかに身動きすることもできぬ。

「国王陛下、そこをお離れなきよう」

「わかった、早く助けよ」

扉の向こうにむけてどなったとき、イノケンティス七世の身体に何かがぶつかってきた。やわらかな女性の身体。それを感じたつぎの瞬間、胴の一部に熱痛が走った。熱痛が胴の奥へとくいこみ、国王は高く高く絶叫を放った。

ギスカールにしてみれば、感情を整理するのにこまるくらいであった。もてあましていた兄が刺された、しかもマルヤムの内親王の手によって。これほどうまく陰謀が成功するとは思わなかったのだが、じつは完全に成功したとは、まだ言えなかったのである。ギスカールの息のかかった医師が、重傷の国王を診断して、王弟の耳にささやいた。

「国王陛下の傷、深《ふこ》うはございますが、かならずしも致命傷とは申せませぬ。傷は腹部でございまして……」

イリーナ姫が刺したのは、ルシタニア国王の左腹だった。もっとも皮下脂肪が厚い場所だったので、傷が鋭く深く、出血が多いわりに、内臓に損傷はないというのであった。

ギスカールは内心でうなり声をあげた。彼がせっかく仕組んだ陰謀は、何と兄王の皮下脂肪によってじゃまされようとしているのだ。これほどばかばかしいことがあってよいものであろうか。苦虫をかみつぶして考えこんだあげく、ギスカールは、まずできることから順に計画を実行していくことにした。

何といっても、国王殺害の犯人であるマルヤムの王女を殺す。彼女を国王のもとにみちびいた者も罪を問うて殺す。これは先刻のエトワールとかいう男装の少女に罪を着せればよい。ギスカールはつぎつぎと指示を出し、マルヤムの王女を連行させ、ついでに殺害現場の近くにいた騎士見習エトワールをとらえさせた。裁判の必要なしとして、まずマルヤムの王女に火刑を宣告し、ついでエトワールにもそれを宣告しようとしたとき、謁見室《えっけんしつ》の高い窓から声がひびいた。パルス語であった。

「動くなよ、ルシタニアの王弟。すこしでも動いたら、顎《あご》の下にもう一つ口が開くことになるぞ」

ぎょっとして声のする方角を見やったルシタニア人たちは、人の身長の三倍ほども高さのある窓枠に片ひざをつき、弓をかまえている若いパルス人の姿を見出《みいだ》した。彼らが知るはずもないが、「パルスで二番めの弓の名人」と自称するメルレインであった。

「何をぬかす、くせ者めが」

わめいたのは、ギスカールの左側に侍立《じりつ》していた騎士であった。長剣の柄《つか》に手をかけ、半ば抜き放ったところで、彼の人生は永遠に中断した。弦音《つるおと》とともに飛んだ矢が、彼の咽《の》喉《ど》をつらぬいたのである。声をたてることもできず、騎士は、王弟の足もとに倒れて絶息した。

「どうだ、王弟よ。勇敢だが、愚かな部下のまねをしてみるか」

メルレインは挑発した。

むろんギスカールは動かなかった。体内では頭脳と心臓がいそがしく動いていたが、手足はまったく動かさなかった。この憎むべきパルス人をどうかたづけてやろうか、と思ったとき、またしても人声が大きく湧きおこり、足音や刃鳴りが入り乱れた。ギスカールのもとへ血相かえて駆けつけた騎士が、同僚の死体にも気づかずに叫んだ。

「銀仮面の男が兵をひきいて乱入してまいりました！」

つづいて生じた混乱は、今夜何度めのことか、もはやいちいちおぼえている者はいなかった。

VI

もっとも危険な存在であるパルス人のことを、ギスカールは忘れていたわけではない。だが今回の件で、ヒルメスを計算にいれる必要はないはずだった。ヒルメスとイリーナとが旧知であることなど、神ならぬ身のギスカールが知る由もなかった。ゆえに、ギスカールがつぎのようにどなったのも当然のことであった。

「銀仮面だと⁉　あやつがなぜ、こんなときに出しゃばるのだ。奴には関係ないことではないか」

ヒルメスのほうでは、ギスカールの当惑など知ったことではなかった。彼の目的は、イリーナ姫を救出することであったが、それを彼に決意させたのは、単なる情誼ではなかったのだ。彼にとっては、まことによい機会だった。

「ルシタニア人どもと、いずれは手を切らねばならぬところ、きっかけがなく、ずるずると訣別《けつべつ》を先に延ばしすぎた。いまこそ、奴らと訣別してくれよう。これ以上のなれあいは、もはや無意味というものだ」

それがヒルメスの考えであったのだ。水位はすでに堤防すれすれの高さに達しており、そこへイリーナのルシタニア国王暗殺未遂という大きな石が投げこまれたのだ。たちまち水は堤防をこし、洪水となったのである。

ひとたび決心すれば、ヒルメスの行動は迅速《じんそく》をきわめた。ザンデに命じて二千五百騎の兵をそろえさせ、そのうち千騎には王都の西の城門に急行させた。そして自らはザンデとともに千五百騎をひきい、石畳に馬蹄をとどろかせて王宮へ殺到したのである。

「王弟ギスカール公より、火急のお召しを受けて参上した、開門されたし」

正面きってそう宣言されれば、警備の兵も門を開かざるをえなかった。たちまち千五百の騎兵は王宮に乱入し、何ごとかと駆けつけるルシタニア兵の頭上に白刃を加えた。こうして尊貴の地は流血の場と化したのである。

ザンデは巨大な鎚矛《メイス》を軽々と打ちふり、小麦の穂を刈りとるようにルシタニア兵をなぎ倒した。重い鉄の棍棒《こんぼう》は、ルシタニア兵の頭蓋をたたきわり、顔面をたたきつぶし、甲《よろい》の上から胸骨を撃ち砕いた。すさまじい膂力《りよりよく》であり、この若い巨漢にとって、鎚矛《メイス》は剣よりはるかに似あいの武器であった。

ザンデらがルシタニア兵をなぎ倒す間に、ヒルメスは奥の部屋へと突入し、長剣をきらめかせて殺戮《さつりく》をかさねつつ、イリーナを探し求めた。この間、ギスカールやイノケンティス王と出会っていれば、たけだけしい白刃の餌食としたにちがいないが、広大な王宮の何枚かの壁が彼らを会わせなかった。イリーナ姫を救出する目的だけを果たし、ヒルメスは退散した。あとには三百を算えるルシタニア兵の死体が残された。

「よくもよくも銀仮面めが……」

ギスカールはうめいたが、気をとりなおしたように声をととのえ、ボードワン将軍に語りかけた。

「よいわ、これで事態がはっきりした。銀仮面めとの仲は、これで終わりだ。奴はルシタニアの敵とはっきり決まったぞ」

「は、さようで……」

ボードワンの声には、いささか元気がない。事態がはっきりするのはよいが、どうやらルシタニア軍にとっては敵が増えるばかりではないか。むろんボードワンは、いまいましい銀仮面の男を好いてなどいないが、敵にまわせば、あの剛勇と狡猾《こうかつ》さはおそろしい。それにしても、かのアンドラゴラス王といい、銀仮面の男といい、容易ならぬ者どもであることよ。

いまひとりの将軍モンフェラートが口を開いた。

「王弟殿下、かの銀仮面めは西のかたザーブル城方面へ逃走したとか。もし彼奴《きやつ》めが、かの城にたてこもり、大陸公路を扼《やく》したるときには、わが軍はマルヤム方向との連絡を絶たれてしまいますぞ。放置しておいて、よろしいのでござるか」

そういわれて、ギスカールは愕然となった。彼ほど有能で油断のない男が、部下にそういわれるまで気づかなかったのだ。やはり平常心を失っていたらしい。

「そ、そうであった。すぐにも奴を追って、道の途中で討ちはたせ。奴の部下は千五百ほどであったな」

「城門を奪って奴を逃がした者どもが、千騎ほどおります」

「よろしい、一万騎を出動させて奴らを鏖殺《おうさつ》せよ。指揮は、そうだな、ゼリコ子爵がよかろう」

銀仮面とマルヤムの王女と、ふたつの首にギスカールはパルス金貨一万枚の賞金をかけた。さらに、爵位を上げることもほのめかした。ゼリコ子爵は大いに張りきり、王弟の前から退出すると、さっそくに甲冑をまとって出戦の準備にとりかかった。ほどなく一万のルシタニア兵がラッパの音も高らかに西の城門をくぐっていった。

最近おれは女どもの護衛ばかりしているな。どうしてこんなことになったのだろう。ゾット族のメルレインは、自問せざるをえなかった。ようやく王宮の塀を乗りこえ、ルシタニア軍に追われて夜の街路を走り、ついには王都の城門をくぐりぬけてのことである。すぐ後ろをエステルが駆けている。

銀仮面の男が部下をひきいて王宮に乱入した。その混乱にまぎれて脱出に成功したまではよい。ルシタニアの王弟を矢の射程におさめたものの、自分自身もどこからねらわれているか知れたものではなく、うかつに動けない状態だった。そこから逃げ出せたのはけっこうだが、何だって、どこの何者とも知れぬ男装の少女といっしょでなければならないのだろう。

男装の少女、つまりエステルのほうでも、かなり不本意であった。国王さまを救出するどころか、自分のほうがつかまってしまい、混乱のなかで走りまわっただけであった。逃げ出すにも、えたいの知れぬ若いパルス人といっしょである。その若いパルス人が、立ちどまってかるく呼吸をととのえると、にがにがしげにエステルを見やった。

「このごろの女は、すこしもおしとやかじゃないな。アルフリードだけがはねあがりというわけじゃなさそうだ」

若者の口から出た名が、一瞬の間をおいて、エステルをおどろかせた。

「アルフリードとは誰のことだ」

「おれの妹さ」

そう答えてから、メルレインは少女の表情をさぐった。

「何をおどろいている」

「ほんとうに妹の名はアルフリードか」

「嘘をいったところで銅貨一枚の得にもならぬ。おれは妹を捜していて、その名は、アルフリードというのだ」

するとエステルは、慎重を期するあまり、いささか迂遠《うえん》な質問を発した。

「アルフリードという名の女性は、パルスには幾人ほどいるのだ?」

「そんなこと、おれが知るものか。だが、十六歳か十七歳で、頭に水色の布を巻いている者は、そう多くないだろうな」

「弓と馬が巧みか」

「なみの男よりよく使う」

そう答えてから、メルレインは、うさんくさそうな表情をつくった。このときは、生まれついての表情ばかりではない。

「もしや、おぬし、おれの妹に会ったのではないか」

こうして両者の間に情報の交換がおこなわれ、メルレインは、自分の妹が王太子アルスラーンと行動をともにしていることを知ったのだった。ゾット族の若者としては、おどろかざるをえない。砂漠の剽盗《ひょうとう》の娘と、一国の王太子とが、いったいどのような経緯《いきさつ》をへて、同行するようになったのであろう。

「色じかけで王子さまをたらしこんだとも思えんしなあ。いったい妹はどういうつもりだ」

けしからん、と思った。ゾット族たる者、族長の他に命令を受けず、王だの国だのを笑いとばし、自分の力だけで天地の間に立つべきではないか。それがゾット族の誇り高い生きかたである。メルレイン自身、異国のお姫さまにかかわりあったが、これは臣従したのではなく、こちらが守ってやったのだ。

いよいよ妹に再会せねばならぬ。そう決意したメルレインは足を速めた。と、それにしたがってエステルの足も速くなる。振りむいたメルレインが声を荒らげた。

「何でついてくる。おぬしにはもう用はないぞ」

「わたしとて、おぬしに用などない。わたしはアルスラーン王子に会いにいくのだ」

「まねをするな」

「誰がまねなどするものか。おぬしのほうこそ、わたしのまねをしているのではないか」

しだいに高まっていった声が急に低くなったのは、背後に迫るルシタニア兵の足音を耳にしたからであった。ふたりは当面の敵意を夜空のむこうに放り投げ、舌打ちをおさえる表情でふたたび走りはじめた。


夜の道を、ヒルメスは疾駆する。夜風にはためくマントが雷火《らいか》をはらんだ乱雲のようだ。一万個の馬蹄が彼にしたがい、パルスの大地を揺るがしている。黒々とした騎影のなかには、ザンデもおり、イリーナ姫もいた。盲目の王女は馬の長頸《ながくび》にしがみつき、その手綱《たづな》はザンデの力強い左手に握られている。

二千五百の騎影は、エクバターナの西方四ファルサング（約二十キロ）の地点で、大陸公路からはずれた。馬蹄の跡が残らない岩場をめぐって、迂回しつつまたしてもエクバターナの方角へ向かったのだ。こんどは疾駆ではなく、歩みはゆるやかであった。

イリーナ姫を部下の手に託して、ザンデがヒルメスのそばに乗馬を寄せてきた。若々しいたくましい顔に不審の表情がある。

「ヒルメス殿下、このまま夜を徹して西へ走り、ザーブル城へ駆けこむものと思うておりましたが、ちがうのでござるか」

明快な返答がかえってきた。

「ザーブル城ごとき辺境の城にこもって何ができるというのだ。おれの本心は、王都を手中におさめることよ」

「……何と！」

ザンデは目をむいた。

ヒルメスの計画は、凡人の考えおよぶことではない。彼はザーブル城へ逃げこむと見せかけてエクバターナの近在に潜み、ルシタニア軍の主力がアンドラゴラス王との戦いに出戦した隙《すき》をねらって、エクバターナを占領してしまおうというのであった。

すでにザーブル城のサームには、すべての兵をひきいて王都の近くまで来るよう申しわたしてある。遅くとも三日間のうちに、ヒルメスは麾下《きか》の全兵力を手もとに集めることになるであろう。そう説明されて、ザンデは首をかしげた。

「ですが、ザーブル城を棄《す》てては、後日、殿下のおんためにならぬのではございませぬか」

「後日など！」

ヒルメスは笑いとばした。銀仮面を半分ゆさぶるほどに笑った。半分は演技である。自分が英雄王カイ・ホスローの正嫡《せいちゃく》の子孫であり、大きな度量と勇気の持主であるということを示すための演技であるのだ。

「おれの後日は、ザーブル城ていどの小城におさめられるほど小さいものではないぞ。王都をとりもどし、パルスの国土を回復すれば、ザーブル城などどうにでもなる。そうではないか、ザンデ」

「まことに、さようでございまするな。殿下にとってザーブル城など犬小屋ていどのもの。私めが小そうございました」

心からザンデは感動し、深々と一礼した。この大度量は、さすがにカイ・ホスローのご子孫である。そう思い、あらためて忠誠を誓った。

ヒルメスとしては、ザンデに感動されたところで、べつに嬉しくもない。決断は、つねに両刃の剣《つるぎ》である。エクバターナに突入する機会を誤れば、ヒルメスのほうがルシタニア軍に討たれてしまう。ルシタニア軍は最少でも二十五万、ヒルメスの軍は最大でも三万。正面から戦っては勝負にならぬ。

「アンドラゴラスよ、早く大軍をひきいてやってこい。エクバターナの城壁に拠ってきさまを斃《たお》し、ギスカールともども生首を城頭に飾ってくれるわ。そして、つぎはきさまの息子だ」

胸中にそうつぶやいたとき、ひとりの騎士が近づいてきて一礼し、マルヤムの内親王が彼との対面を望んでいると伝えた。ヒルメスは、銀仮面に月光をはじかせつつ、すぐには反応しなかった。彼が何かいおうとしたとき、遠方から馬蹄のとどろきが湧きおこった。それはヒルメスを追ってきたゼリコ子爵のひきいるルシタニアの騎兵隊であった。

第四章　虹の港

I

晴れわたった空と透明度の高い海とが、それぞれの碧《あお》さを競《きそ》っている。

パルス南方の空と海は、まことに美しかった。ギーヴの表現によれば、「碧玉《へきぎょく》と水晶を処女の涙に溶かしたような」清澄《せいちょう》さと深みをおびて、どこまでも広がっている。空と海を分けるはるかな線は、淡い紫の色調をおびて優雅にゆらめいていた。水面下には魚群の影が透視され、飛沫は真珠の細粒に似てきらめき、それらのすべてを夏の陽光がつつんで、青い紗《しゃ》をひろげたような世界をつくりだしている。

アルスラーン、ダリューン、ナルサス、ギーヴ、ファランギース、ジャスワント、それに告死天使《アズライール》の六人と一羽は、グラーゼ船長が提供した帆船に乗りこんで、ギランの町を離れた。偉大なる海賊王の財宝を探し出して軍資金とする、というふれこみであった。十隻の帆船に兵士たちも分乗してしたがい、王太子府は空《から》になった。

「宝でも埋まってないかぎり、何の取柄《とりえ》もない島らしいな」

そう評したギーヴは、島に珠玉のごとき美女が隠れ住んでいることを期待したかもしれない。仮にそうだとすれば、たいくつな海路と船酔いとに耐える価値があるというものであった。

帆船の姿がギランの港から見えなくなったころ、港を見おろす坂道を、馬蹄《ばてい》のひびきも高く駆けぬけていく騎影があった。馬上の男は、薄い冷笑を口もとにたたえ、たくみに馬をあやつっている。

「王太子一行はギランの港を出て、サフディー島へとおもむいた。王太子府は空になった。いまこそギランを占拠する好機だ」

その報告をたずさえて、その男がギランの町から馬を飛ばしているのだ。町の東北方、一ファルサング（約五キロ）の地点では、完全武装した海賊の一団が、彼の報告を待って、林のなかに息をひそめているのだった。

その男はシャガードであった。ナルサスの旧友である。いまや彼の正体は明らかであった。彼はかつての志《こころざし》をかえ、民衆を助けるがわから民衆に害を与えるがわにまわったのである。

時をへて、シャガードは、陸上を歩む海賊たちの先頭に立ち、ギランの町へととってかえした。

「ナルサスめ、知恵があったとしても、とうに朽ちはててしまったと見えるな。いまどきなお奴隷解放などを口にするとは」

考えてみればわかりきったことだった、と、シャガードは悪意をむきだしに思った。いまだに奴隷を解放するとか、人は平等であるべきだ、とか、ナルサスは主張している。たわごとだ、白昼夢だ、と、シャガードは思う。パルスは旧《ふる》い制度でやっていけたのだから、改革など必要ない。いかに不公正であろうと、シャガードをふくめた一部の者が利益をえることができればそれでよいのだ。

「ナルサスは、りこうに見えてあほうだ。奴は、人間には生まれつきの格差があることを認めようとしない。そのていどのこともわからんで、何が智者か」

声に出してそういったのは、自分がナルサスより上だ、ということを海賊どもに教えてやるためであった。海賊どもは、めんどうくさそうに、あいづちすらうたぬ。シャガードがナルサスより上か下かなど、彼らの知ったことではなかった。ギランの町を襲って掠《りゃく》奪《だつ》のかぎりをつくし、王太子とその一行に思い知らせてくれる。その思いだけがあった。シャガードと同盟している海賊どもは、正真正銘の「賊」であった。「自由な海の男たち」などという、りっぱな代物《しろもの》ではない。掠奪、奴隷売買、そして誘拐による身代金要求。それが彼らの収入源であった。

表むきは富裕な名士のふりをして、裏で海賊どもを組織し、あやつっていたのが、ギランに来てからのシャガードであった。この二重生活に、彼は毒々しい満足感をおぼえていた。富も、裏面の権勢も手に入れた。美女も名酒も珍味も思いのままだ。そしてこれから、ギランの町全体をゆっくり手に入れてやろうと思っていたところへ、ナルサスがあらわれてじゃましようとするのである。

「いま王太子府には誰もおらぬ。ありもしない宝を探すため、のこのこ無人島に出かけていきおったのだ。後日になって、自分らの欲ぼけを恥じればよいわ」

正確にいえば、王太子府はまったく無人ではなかった。王太子の代理人がいたのだ。年齢は今年三十一歳。ただし、ふたりあわせてのことである。

エラムとアルフリードは、じろりと非友好的な視線をかわしあった。彼らは、王太子アルスラーンを盟主とあおぐ仲間どうしである。それは確かな事実であったが、ときどき、仲間うちで角《つの》つきあわせる場合もあるのだった。

王太子府の本館は、南面して大きな露台《バルコニー》がある。大理石の椅子や、葉の大きな亜熱帯樹の鉢が配置され、海から吹きつける涼風が、まことにこころよい。

エラムとアルフリードは、あるできごとを待って露台《バルコニー》の椅子に腰をおろしていた。最初は冷えた薔薇水《ルリシーサ》など飲んでおとなしくしていたのだが、どちらからともなく口を開くと、たちまちけんかになってしまう。「おそいな」とエラムがつぶやくと、ゾット族の少女が挑戦するように返答した。

「ナルサスの計算に狂いがあった例《ため》しはないわよ。あんただって知ってるでしょ」

「たった一度だけある」

「いつ？　どんなことよ」

「お前と知りあったことさ。ナルサスさまにとって生涯ただ一度の計算ちがいだよ」

「へへえ、いってくれるじゃないの。ナルサスのおまけの分際でさ」

「おまけとは何だ、ことばに気をつけろ」

「おまけが不満なら、お荷物といってあげようか」

にわかに舌戦が中断したのは、力強いくせに軽妙な足どりで、三人めの人物が露台《バルコニー》にあらわれたからである。「揺れる甲板の上でも、揺れぬ大地の上でも、まったく同じように歩ける」と自称するグラーゼであった。

「来たぞ」

口にしたのは、ただそれだけ。だが、エラムとアルフリードを緊張させるには充分だった。ふたりは文字どおり飛びあがり、爪先《つまさき》だって外のようすをながめた。王太子府の石塀の外側で、武装した男たちがひしめきはじめている。刀剣が麦の穂のようにきらめき、近くの建物の窓からは、おどろきおびえた人々の顔が見える。海賊どもは傍若無人にも王太子府を包囲し、市街戦をはじめるつもりでいるようであった。

「来たぞ、二千人はいる」

エラムがいうと、たちどころにアルフリードが異議をとなえた。

「そんなにいやしない。千五百人ってところだよ。臆病な人間は、敵の数を多く見つもりたがるものだってねえ」

「ふん、愚かな人間は、敵の数をすくなく見つもって自滅するものだってさ」

「何ですってえ!?　もう一度いってごらん」

「やめんかい、ふたりとも！」

未来のギラン総督は苦りきった。彼はギランの町を海賊どもから守るだけでなく、ふたりの留守番役のおもりまでしなくてはならないようであった。とんだ役目だ、と、舌打ちしたい気分である。

だが、グラーゼは、エラムとアルフリードを過小評価していた。ふたりとも、勇敢で機敏で、おとなをしのぐほどの弓の名手であり、何よりも自分たちのやるべきことを、きちんとわきまえていた。グラーゼは、彼らと知りあって日数がすくないので、彼らの真価をまだ知ることができなかったのだ。

そしてグラーゼ以上に彼らふたりを過小評価していたのはシャガードである。シャガードにとって、エラムとアルフリードは「ナルサスにくっついている生意気なガキ」でしかなかった。ナルサス自身をすら、シャガードは低く見ようとしていたのだ。エラムとアルフリードなど、彼の眼中になかった。

完全武装した二千人近くの海賊をしたがえて、シャガードは王太子府の門前に立った。門の扉はかたく閉ざされている。だが露台《バルコニー》に少女の姿が見えたので、彼は大声をはりあげた。

「小娘、おれを知っているか。ナルサスに一目《いちもく》おかれていたシャガードだ。ただちに門を開いて、おれたちを入れろ。そうすれば生命だけは助けてやる。なるべく慈悲深い奴隷商人に買ってもらってやるぞ」

だが、シャガードの脅迫は、砂一粒ほどの感銘もアルフリードにもたらさなかった。ゾット族の少女は元気よく言い返したのだ。

「一目おかれてただって？　あんたなんかがナルサスと張りあえたはずがないよ。いつだって下風《かふう》に立たされて、ねたましく思ってたんだろ。あげくに人としての道をまちがえて何をいばってるのさ」

「な、何だと」

「汚れた尻尾《しっぽ》を巻いて、さっさとお帰り。そうしたら、また、ナルサスに負けたと無念がらずにすむだろうからね。さあ、とっととお帰りってば！」

「……うぬ、そのこざかしい舌を引きぬいてくれるぞ、小娘！」

シャガードは逆上した。アルフリードの毒舌は、シャガードのもっとも痛い部分を突いたのだ。彼が海賊たちをかえりみて、強行突破を命じようとしたとき、夏の空気を引き裂いて角笛の音がひびきわたった。

シャガードが愕然《がくぜん》とする間に、後方にいた海賊たちが、どっとくずれたった。矢が飛び、刀槍《とうそう》の音がひびくなかに、「ゾット族が来た！」という叫びがまじった。

II

ゾット族の名が呼号されたとき、海賊たちが仰天したのは当然であった。

「ゾット族だと？　ゾット族がどうしてこんなところにやって来るのだ。奴らの行動範囲は内陸部ではないか！」

賊どうしの仁義にもとる、なわばり荒らし。ゾット族の出現を、海賊たちはそう解釈した。彼らはおどろきからさめて怒りを発したが、彼らの怒りなどにゾット族はかまっていなかった。

「イヤアアア……！」

あまり意味のない、だがたけだけしい叫びをあげて、荒野の剽盗《ひょうとう》どもは馬を駆り、矢を放ちながら突入してきた。

狼狽《ろうばい》しつつも、海賊どもは応戦する。槍《やり》をくり出し、矢を射かけて、剽盗どもの突進をはばもうとしたが、そこへ王太子府から矢の雨が降りそそいできた。屋根の上に、百人をこす射手が身をひそめていたのだ。エラムの合図で、彼らはいっせいに起《た》ちあがり、あらんかぎりの矢を海賊どもの頭上にあびせかけたのである。

海賊どもは挟撃される形になってしまった。一方は王太子府の高い塀で、塀の上から彼らの頭上に矢が降りそそぐ。もう一方からはゾット族の人馬が殺到し、海賊どもは追いつめられる形になってしまった。

ゾット族にしても海賊にしても、市街戦はかならずしも得意ではない。だが、ゾット族は自分たちに有利な戦闘の態勢を、まずつくりあげてしまった。海賊どもは狭い地域に押しこめられ、密集してひとかたまりになっている。ゾット族はそこへ矢を射こみ、密集体の外周部を剣でなぎはらった。

一方的な戦いになった。海賊たちは枯木が倒れるように撃ちたおされ、密集隊形は削りとられて痩《や》せ細っていった。人血が飛び散り、死体が折りかさなり、死の匂いが街区に充ちて生者を窒息《ちっそく》させんばかりである。

「おのれ、なぜこんなことに……」

混乱して、シャガードは視線をさまよわせた。その視線が固定したのは、いるはずのない顔を街区の裡《うち》に見出したからだった。ナルサスが、ほど近い石段の上から彼を眺めやっている。王太子も、その部下たちもいた。シャガードの視線がナルサスのそれと正面から衝突した。

「どうやら正体をあらわしたようだな、わが旧友よ」

ナルサスの声には、それほど感傷はない。皮肉もない。事実をただ指摘する冷静さだけがあった。いっぽうシャガードのほうは冷静ではいられなかった。朱泥《しゅでい》をぬりたくったような顔色になって、彼はわめいた。

「ナルサス、きさま、はかったな!」

「このていどの策に、はかられるなよ。なさけない」

ナルサスのひややかな返答が、さらにシャガードを逆上させた。彼は海賊たちにむかってわめいた。

「矢を放て! ナルサスめを射殺《いころ》してしまえ」

その命令を実行しようとした海賊のひとりは、弓弦《ゆづる》を引きしぼろうとした瞬間に、獣めいた声をあげて地上に横転した。そのあごの下で、黒い矢羽が慄《ふる》え、頸《くび》の後ろから血まみれの鏃《やじり》が突き出ている。このすさまじい弓勢《ゆんぜい》は、ダリューンのものであった。

何という剛弓《ごうきゅう》か。おどろきさわぐ海賊どもを見て不敵に微笑したダリューンは、弓を放り出すと、長剣を抜き放った。白兵こそが彼の本領であった。

海賊たちにとっては、最悪の厄日となった。ダリューンの長剣は、死の旋風となって彼らに襲いかかった。噴血とともに首が飛び、鈍い音をたてて腕が宙に舞い、突きぬかれた胴から生命がほとばしり出た。これほどの驍勇《ぎょうゆう》が地上に存在することを、こわいもの知らずの海賊どもは、身をもって知ることになったのである。

ダリューンの背後を守る形でつづくジャスワントのはたらきも、なかなかめざましかった。

振りおろされる白刃《はくじん》を受けて流し、飛散する火花を裂くように斬撃《ざんげき》を返す。ジャスワントの一閃《いっせん》を咽喉《のど》もとにたたきこまれた海賊が、宙にばっと血の花を咲かせて地にのめった。

斬りたてられる味方を見て、シャガードが歯ぎしりし、またしても指示を発した。

「王太子をとらえろ！　奴を人質にすれば、活路が開けるぞ」

彼はようやくそのことに気づいたのだ。何も強い敵とまともに戦うことはない。シャガードの声を受けて、数人の海賊が、王太子に白刃をむけて迫った。

アルスラーンはまだ未熟な剣士だが、身は軽く、動きは理にかなっている。そしてこの八か月の間に実戦の経験をかさねてもいた。その剣の力量が目だたないのは、なにしろ周囲に卓絶した剣士たちがそろっているから、むりもない。いずれにせよ、王太子の剣技をなめてかかった海賊どもは、手いたい教訓をたたきこまれることになった。

猛然と突きこまれてきた一剣を、アルスラーンは手もとで払いのけ、すかさず反撃に転じた。右、左、右とたてつづけに斬りこみ、相手を防戦一方に追いこんでおいて、急激に斬撃の角度を変え、したたかに右腕に斬りこんだ。敵は絶叫をあげ、半ば切断された腕をかかえこむような姿勢で地に倒れこんだ。

そのときすでに、アルスラーンはふたりめの敵と斬りむすんでいた。二合、三合と刃鳴りがくりかえされ、四合めの直後にアルスラーンが電光のように剣尖を突き出して引いた。白刃に人血がまといつき、うめき声を残して海賊は地に伏した。

三人めの海賊がひるむのを見て、シャガードが怒りの形相をつくった。

「どけ！　おれがやる」

どなって剣を振りかざし、アルスラーンめがけて駆けよった。アルスラーンは、晴れわたった夜空の色の瞳に緊張をみなぎらせて迎えうとうとする。だが、

「まちがえるな。きさまの相手はこのおれだ」

害意に満ちた剣尖をさえぎるように、シャガードの前に立ちはだかったのは、ダリューンであった。いまさら方向転換することもできず、そのままの勢いでシャガードは突進し、肉迫し、剣を撃ちこんだ。

シャガードは剣士としての力量もすぐれていたが、ダリューンにはおよばぬ。十合ほど烈《はげ》しく撃ちあうと、誰よりも早くシャガード自身がその事実に気づいた。

飛散する火花の下で、シャガードはすばやく打算をめぐらした。名誉をそこなうことなく逃げ出す方法はないものか。だが、彼と刃《やいば》をまじえている相手は、剛速の斬撃と完璧の防御をしめし、シャガードに隙を見せぬ。うかつに刃を引いて逃げようとしたら、一撃で胴を両断されるだろう。

やむをえず、さらに十合ほど闘ったが、シャガードの戦闘力は限界に近づいていた。もはやこれまでと思われたとき、周囲の混戦の波をかきわけて、ふたりの海賊があらわれ、ダリューンに斬ってかかった。感心にも、だいじな仲間を救おうとしたのである。三対一なら、あるいはこの強剛を斃《たお》せると思ったのかもしれない。

ところが、戦いは二対一にしかならなかった。当のシャガードがすばやく剣を引き、助けてくれた仲間を見すてて自分ひとり逃げ出したからである。

見すてられた不幸なふたりの海賊は、あいついで、ダリューンの容赦ない斬撃をあびて斃れた。彼らが犠牲になっている間に、シャガードは、混戦を突っきって逃げた。敵と味方を突きとばし、斬り散らし、ついに混戦の外側に出ることに成功した。石段を駆けあがって、ほっと安堵《あんど》の息をつき、脱出の成功を確信したときである。

シャガードは絶叫を放った。黒い影が彼の眼前で揺れたと思うと、右頰に激痛が走った。頰の肉をむしりとられ、血を噴きあげて、シャガードは石段を転げ落ちた。腰と背中を打ち、息がつまる。倒れたまま動けずにいるところへ、ジャスワントが駆けより、腰帯の上に巻きつけてあった革紐をほどいて手ぎわよく縛りあげてしまった。

主謀者の逃走を阻止した鷹《シャヒーン》の告死天使《アズライール》は、ひと声鳴いて友人の肩にとまった。なかなかに抜け目ないこの鷹は、一番よい場面をさらったのである。

海賊どもにとって、まことに不本意な戦闘はやがて終わった。かろうじて五十人ほどが逃亡に成功しただけで、残りはすべて殺されるか囚《とら》えられた。

この戦いは、おそまきながらシャガードが気づいたように、すべてナルサスの計画どおりに運んだのである。もともとありもしない財宝の情報を流して王太子たちを無人島に誘いだそうとしたのがシャガードの策略だが、ナルサスはそれを見ぬいて逆用したのだった。アルスラーンたちの乗った船団は、港を出るとすぐ針路を転じて無人の海岸近くに投錨《とうびょう》し、そこからアルスラーンたちは上陸してギランにもどったのである。

ナルサスは情に薄い男ではない。だが情に目がくらむこともけっしてなかった。旧友シャガードの悪《あ》しき変化を知って以後、彼はシャガードに注意の目を向けていたのだ。シャガードとの旧交を貴重に思うあまり、現在の同志たちに害をおよぼすようなことがあってはならないのである。そしてナルサスの打った策《て》はすべて的中した。その成功は、むろんナルサスにとって甘い味のものではなかった。

「じゃあ金貨一億枚というのは？」

すべてがかたづいたあと、海賊王の財宝などなかったのだ、と聞かされて、アルフリードが尋ねると、ナルサスは一笑した。

「聡《さと》いアルフリード、おぬしが先《せん》だっていったとおりだ。一億枚の金貨など、誰が算《かぞ》えようもない。最初から、そんなものありはしなかったのさ」

「何だ、つまらない」

ゾット族の少女は、ゾット族らしい感想をもらした。

「話百分の一としても、すこしぐらいの金貨はあると思ったのにね。あんまりけちるから、せっかくの陰謀が失敗するんだよ、海賊さん」

一同は笑いだした。

III

一同の笑いに共鳴できなかったのはシャガードである。半面を血に染め、革紐でがんじがらめに縛りあげられた彼は、かろうじて頸を伸ばすことだけができた。

「いい気になるなよ、ナルサス」

シャガードの両眼が底光りし、憎悪にたぎった声が歯の間から這《は》い出した。

「このままおれが引きさがると思うな。かならず復讐《ふくしゆう》してやるぞ。きさまにも、きさまが君主とあおぐその雛鳥《ひなどり》にも、たっぷり後悔の涙を流させてやるからな」

「口のききかたを知らん奴だ、王者に対して」

腹をたてたジャスワントが、浅黒い顔を赤くしてアルスラーンをかえりみた。

「殿下、こやつの口に辛子《からし》でも塗ってやりましょう。私の祖国では、流言蜚語《りゆうげんひご》をなす者に、そのような罰をくれてやることになっております」

「するとラジェンドラどのもか」

とはアルスラーンはいわず、無言で小首をかしげた。ナルサスがため息をついた。

「シャガードよ、おぬしが考えるべきは、復讐以外にもあるだろう。いつから人身売買などやっておぬし自身を汚《けが》すようになったか知らぬが……」

「人の身を売買して何が悪いというのだ」

ついにシャガードは、いなおった。表情にも姿勢にも、虚勢の陽炎《かげろう》が揺れている。才覚自慢の彼としては、みじめな現在の姿を忘れるためにも、そうするしかなかったのだ。鷹の鋭い爪でえぐられた頰の傷がうずくが、その痛みをこらえていいつのった。

「何ならおぬしの身も買ってやるぞ。銅貨一枚でな。駱駝《らくだ》の墓穴を掘るぐらいのことはできるだろう」

ナルサスは、もはやまともに返答しようとしない。

「ふたつの手で、みっつ以上の杯《さかずき》を持つことはできない」というパルスのことわざがある。

何もかも手に入れることはできない、というわけだった。何かをえれば、他方で何かを失う。シャガードとの旧交を失うことは、ナルサスにとって、やむをえないことであった。だが、さすがに彼からシャガードの処刑を要求することはできなかった。

はじめてアルスラーンが口を開いた。表情も口調も、きびしいものになっていた。

「では、こうしよう。シャガードとやら、おぬしを奴隷商人の手に引き渡す。一年間だけだ。一年間、鎖につながれ、奴隷としてみじめな生活を送ってみるがいい。人として生まれながら家畜のように売買され、酷使される経験を味わってみるといい。それがおぬしの罰だ」

アルスラーンがことばを切ると、沈黙が座に満ちた。それをふたたびアルスラーンの声が破った。

「グラーゼにまかせる。よろしくとりはからってくれ」

「あ、は、はい……」

圧倒されたように、グラーゼは大きな身ぶりで一礼した。

「聖賢王ジャムシードの叡知《えいち》に誉《ほま》れあれ！　王者の審判は下された」

そう宣告したのはファランギースであった。他の者はひとしくうなずいた。アルスラーンは誰かに知恵をさずけられたわけではなく、自分自身で考え出したのだった。シャガードという男の罪にふさわしい罰を。

シャガードは処刑されても異議をとなえることなどできないはずだった。海賊どもの黒幕であり、兵をもって王太子府を襲ったのだ。だが、彼はナルサスの旧友であった。できれば殺したくない。むろん放免するわけにはいかぬ。それらのことを考えあわせて、アルスラーンは処断を下したのである。

みごとな審《さば》きだ。ダリューンやナルサスは感歎《かんたん》したが、審かれた当人はそうは思わなかった。

「甘いお人だ」

奴隷商人の黒幕は嘲笑《ちょうしょう》した。彼の生命を救ってくれたはずの王太子にむかって、シャガードは毒気を吐きかけた。

「一年たって自由の身になったら、おれはあんたに復讐するぞ。自分の甘さを後悔させてやる。だいたい何の能もないくせに、ナルサスなどにまつりあげられていい気になって……」

ダリューンが鋭く両眼を光らせた。

「そのていどにしておけ。でないと、毒苔《どくごけ》のはえたその舌を斬りとり、野犬に喰わせてやりたくなる」

ごく静かな口調ながら、ダリューンの表情は完全に本気であった。一歩踏み出すと、片手でシャガードの襟をつかむ。シャガードの、無傷な頬が音高く鳴った。吹っとんで床にたたきつけられたシャガードは、苦痛のうめきをあげてようやく身をおこした。

彼を見おろしてダリューンはつづけた。

「おれは記憶力のよい男でな。一年どころか百年たっても、おぬしの無礼を忘れてやれそうにない。もしおぬしが自由の身となった後に、王太子殿下に害をなすことがあれば、そのときはおぬしを地獄へ売りとばしてやるぞ」

それに対し、シャガードはさらに嘲弄《ちょうろう》をもって酬《むく》いようとしたが、舌がなめらかに回転しようとしなかった。ダリューンの静かな迫力に圧倒されてしまったのだ。それを認めるのは、シャガードにとって、もっとも無念なことであった。何とか言い返してやろうと口をもぐもぐさせている間に、進み出たグラーゼが、彼の襟首をつかんだ。広間から引きずり出されるとき、シャガードの、いまいましげな声が天井と壁に反響した。

「おぼえてろーお……！」

才覚自慢のシャガードにしては平凡すぎる捨て台詞《ぜりふ》であった。当然、誰も感動せず、むろん彼に同情する者もいなかったのである。

じつはこれは歴史的な事件であった。パルス史上に冠絶する雄将とされるダリューンの生涯で、縛られた相手をなぐったのは、このときが最初であったのだ。彼の怒りがいかに大きなものであったかわかる。しかもなお、最後の瞬間に、ダリューンは自制した。彼が渾身《こんしん》の力をこめてなぐりつけたら、シャガードは床に倒れたていどではすまなかったにちがいない。

シャガードの姿が消えてから、いれかわりに、十人ほどの客人が広間にあらわれた。先刻から、王太子との会見を待ち望んでいた人々である。これまでは積極的にアルスラーンに近づこうとしなかったのだが、今回の事件で、態度を決することにしたらしい。

「ギランの町は、あげて王太子殿下に忠誠を誓いまする。何なりとご用命いただきますよう」

ギランを代表する富商たち、ベナスカー、バラワー、コージャ、ホーラムといった人々が王太子の御前に進んで申し出た。彼らの財力と影響力は、ギランだけでなく、南方海岸地帯の全域におよぶ。アルスラーンは、この瞬間、父王アンドラゴラスをしのぐほどの勢力を手に入れたのだった。

ベナスカーらの富商たちが王太子に味方した。その評判は、たちまちギランとその周辺にひろがった。利にさとい、けっして損をせぬよう計算する富商たちが、王太子に味方するというのだ。これはたいへんな政治的効果をもたらすであろう。

「殿下、これがすなわちギランの財宝でございます。その気になれば泉のように湧いてまいります。ただ、ときとして毒水もまじりますので注意が必要でござるが」

ナルサスは、財力というものの価値をアルスラーンに知らせておきたかったのだ。その欠点や限界もふくめて。権力や財力を正しく用いれば、人の世の不幸をかなり減らすことができるのだということを。

……後世、解放王アルスラーンの治績と冒険を歌いあげる吟遊詩人たちは、「王太子、ギランの町を海賊より救い、怪物の島にて財宝を手に入れること」という一章をもうけたものだ。そのなかでは、アルスラーンがエラムとともに無人島におもむき、さまざまな怪物を退治して金銀財宝を手に入れることになっている。

さて、王太子府が機能しはじめると、それにともなって軍資金と人員が集まりはじめた。ベナスカーもコージャも、競いあうように財貨を投じた。むろん、後日に実りがあることを期待してのことである。

ただ軍資金が集まるのを待っているばかりではない。グラーゼが急編成の船団を指揮し、ダリューン、ギーヴ、ファランギースが同行して、王太子軍は海賊どもの根拠地を攻撃した。ナルサスにいわせれば、「何のご心配もいりません。海上の散歩みたいなものです」ということになる。ひとつには、グラーゼの船団指揮能力を確認するためでもあった。

「それなら私も同行したいな」

アルスラーンがそういってみると、ナルサスはしかつめらしい返答をした。

「殿下にはご勉強がおありです。区々たる小戦闘など、部下にまかせておけばよろしい。それより、今後の政事《まつりごと》について、どうぞお考えください」

というわけで、アルスラーンはナルサスから国政や兵事について授業を受け、エラムもそれに同席した。ダリューンやグラーゼたちは、四日後にギランにもどってきて、おもだった海賊どもの首級《しゆきゆう》五十あまりを王太子の検分に供し、彼らの根拠地を焼きはらったことを報告した。その地には女や子供もおり、彼らは王太子軍によって保護されることになった。彼らを収容する施設には、かつてのシャガードの豪奢《ごうしや》な邸宅があてられた。

さて、ゾット族は都市に永く住むことを好まず、また王太子府の組織に組みこまれることも好まなかった。アルスラーンは彼らに金貨五千枚と銀貨十万枚の謝礼を与え、さらに葡萄酒《ナビード》百樽を持たせて、ひとまず彼らの村へ帰らせた。王太子の気前のよさに、ゾット族は満足したが、とくに彼らを喜ばせたのは、りっぱな旗をつくってもらったことである。

後の世に、「ゾットの黒旗」と呼ばれるようになったその旗は、グラーゼが提供した絹《セリカ》の国の黒絹でつくられ、黄金色《こがねいろ》の糸で縁どられていた。何の模様も描かれていない単純なものだが、それがこの場合は、かえって、ゾット族の剽悍《ひようかん》さにふさわしく思われた。

「これはよい旗だ。これより将来、ゾット族の陣頭には、かならずこの旗をかかげよう。そしてこの旗に恥じぬよう、けっして非道をはたらかぬようにしようぞ」

族長の娘らしく、おごそかにアルフリードが宣言すると、部下たちも熱心に応じた。

「われらは王宮の番犬になるのはごめんこうむるが、アルスラーン殿下のおんためであれば、いつでも忠実な友として馳せ参じます。われらはけっして盟約に背《そむ》きませぬぞ」

ゾット族は去り、アルフリードは残った。もうしばらくの間、ゾット族は、族長不在のまま変則的な合議制をつづけることになるだろうが、アルフリードの所在が明らかになっていたから、たがいに心配する必要はなかった。

IV

六月末から七月はじめ、ギランでは平穏な日がつづいた。どうせ嵐の前の晴天であるにすぎぬが、海賊は一掃されてちりぢりになり、危険きわまりない男シャガードは鎖につながれて地平の彼方へつれ去られた。職を追われた前総督ペラギウスも、財産をかかえて船に乗り、姿を消した。

ギランは王太子一党の牙城となった。かつてのペシャワールのように。ペシャワールと異なるのは、ギランには豊かな経済力があるということであった。

「つくづく平和なことだな」

とある日、ダリューンが酒杯を片手につぶやいた。王太子府の一画にある露台《バルコニー》である。

「ダリューン卿はぶっそうだ。十日も人の血を見ぬと、平安に飽きるらしい」

ナルサスが笑った。彼の手もとにも酒杯がある。仕事は仕事として、人生を楽しむ余裕も失わないというところである。

そこでダリューンは表情を変え、やや声をひそめて友に尋ねた。

「ナルサス、この町でのんびり日を送っているのは、何やら遠大な計画があってのことだろう。よければ教えてくれぬか」

「べつに何の魂胆《こんたん》もありはせぬよ。アンドラゴラス陛下の勅命《ちょくめい》を守っているだけさ」

アルスラーンを事実上の追放に処するとき、アンドラゴラス王は命じたのである。五万の兵を集めよ、集まらなければ帰参するな、と。そのことをナルサスはいっているのである。実際、いまアルスラーンの手もとに、五万もの兵は集まっていない。以前からの総督府の兵もふくめて、せいぜい一万五千というところだった。ゆえに、ナルサスが動こうとせぬのは、理としては正しい。

だが、べつのものが続々と集まっている。軍資金である。ひとたび態度を決めると、ギランの富商たちは、たいそう気前がよかった。ある者は金貨の樽を王太子府に運びこみ、ある者は鞍《くら》をつけた軍馬を五百頭つれてきた。小麦粉や乾肉《ほしにく》を積んだ駱駝の群をつれてくる者。オクサス河をさかのぼるための船を提供すると申し出る者。五万本の矢を献上する者。それに対抗して、十人の弓矢職人をつれてくる者……。

「国を興《おこ》すというのは、いい商売だな。おれも国をつくってみたくなった」

不謹慎な感想を、ギーヴが口にしたものである。彼は旅をつづけながら、舌先三寸で、各地の富豪や、美男子に弱いご婦人がたから金品を巻きあげてきた。それが、いまや黙っていても王太子府には財貨や物資が積みあげられ、勝手に殖《ふ》えていくのである。

「権力というものはこわいものじゃ。このようなありさまが当然のことと思いこむようになるとあぶないな」

ファランギースもしみじみと述懐した。権力とは一面、魔術に似ている。使う者に多くのものをもたらすが、それになれ、乱用すると、大きな害をおよぼすのだ。

この膨大《ぼうだい》な軍資金で傭兵《ようへい》を集めるつもりだ、と、ナルサスは王太子とダリューンに告げた。

「金銭で傭《やと》った兵士など、あまりあてにならぬと思うがな。少数でも、よく鍛《きた》えられた忠実な兵士のほうが信頼できると思うが」

武人らしい感想をダリューンが述べた。ナルサスの意見は、やや異なる。

「いや、かまわないさ。軍資金がなくなってもついてこられては、食わせるのにこまる。勝っている間だけ、必要な間だけ、兵はいればよいのだ」

「それはナルサスのよいようにしてくれ。私にはすでに充分、忠実な友がいる。ところでギーヴはどうした。このところ姿が見えぬが」

アルスラーンに問われて、ダリューンとナルサスは苦笑の表情を見あわせた。いささか曲線的な返答を、若い軍師がした。

「ギランには六十か国の美女がそろっております」

「……ああ、なるほど」

アルスラーンはうなずき、笑った後、この少年には珍しく諧謔《かいぎやく》を飛ばした。

「一夜に一か国をまわるとしても、世界をめぐるのに二か月かかるわけだ。たいへんだな」

その冗談に、ダリューンとナルサスは笑ったが、後刻になって、「はて、笑ってよかったのであろうか」と妙な心配をしたものであった。

この年九月で、アルスラーンは十五歳になる。パルス歴代の国王《シャーオ》のなかには幾人も情《じよう》豪《ごう》がおり、十四歳にして女官との間に庶子をもうけたという早熟すぎる人物もいた。アルスラーンもそろそろ女性に興味をいだいてもおかしくない。

だが、アルスラーンは、まだまだなまぐさい男女間のことには無縁のようで、エラムをともなって馬を走らせたり、グラーゼに紹介された海上商人たちから異国の話を聞いたり、鷹《シャヒーン》の告死天使《アズライール》をつれて郊外に狩猟に出かけたりするていどである。第一、裁判とか、用兵学の勉強とか、やるべきことが多かった。

ギーヴのことを笑話の種にしたが、ダリューンもナルサスも木石ではないから、ときとして妓館《ぎかん》で刻《とき》をすごすこともあった。ジャスワントも一度、妓館につれていかれ、そこで故国シンドゥラから流れてきた女に出会い、身の上話を聞かされた。すっかり同情して、ジャスワントは有り金すべてを女に与えたが、翌日妓館に行ってみると、その女の姿はなかった。身の上話はまったくのつくりごとで、賭博《とばく》の借金を清算し、情夫と手をとりあって逃亡したという。ジャスワントは怒りもせず、同国人の役に立てたと喜んでいた。

「かの高名なギーヴ卿がひいきしておられた妓館」と称する店は十六軒もあり、かなり長いこと本家あらそいをやっていた。ある店の壁には、ギーヴが書きつけたという四行詩《ルバイヤート》が残されており、べつの店には、ギーヴが奏でたという琵琶《ウード》が棚に飾られている。店ごと、女ごとにギーヴは四行詩《ルバイヤート》を書いてやったのだが、そのうちめんどうくさくなったのだろう。手をぬきはじめた。

「おお、(女の名)よ、そなたの瞳は宝玉のごとく、肌は万年雪の白さなり……」

女の名を変えただけで、同じ詩をいくつもつくっている。本人が胸を張っていうには、

「詩をつくるのには手をぬいても、女を愛《いと》しむのに手はぬかなかったぞ」

ということである。妓館の他の客からみれば、とんでもない男であった。

とんでもない男のまじめな主君は、王太子府で政事や勉強に励んでいた。後の世に、ギランの人々は語り伝えたものだ。

「ほら、あの館《やかた》が旧《もと》の王太子府だ。解放王アルスラーンさまが、即位前にいらしたとこ

ろだよ。王さまはあそこで、はじめて裁判もなさって、お審《さば》きの公正なことに、みんな感歎したものさ」

アルスラーンが公正な裁判官であったことは事実だが、伝説とは膨《ふく》れあがるものである。じつのところ、裁判の大半はナルサスが処理し、アルスラーンが審《さば》いた裁判は、それほど多くもむずかしくもなかった。十五歳未満の少年に、ナルサスは、必要以上の負担を押しつけはしなかった。

むろんアルスラーンの資質は、シャガードを審《さば》いた一件で、はっきりと証明されている。この少年が、たいせつなときにしめす判断力の優秀さは、しばしばナルサスの予測をさえ超えるものだった。

「まことに不思議な方だ。あの才華がたいせつなときに発揮されるのであれば、ふだんはぼんやりしていても、いっこうにさしつかえない。殿下はもうすこし横着になられてもよいくらいだ」

ナルサスがいうと、ダリューンが応じて、

「すこしも横着さのないところが殿下の美点だ。ラジェンドラ二世を見ろ、かの御仁から横着さをとり去ったら、あとに骨しか残らぬ」

「あれで気が合うのが不思議だな」

横着といえば、アルスラーンがいますこし横着であったら、むざむざ父王から兵権を奪われることもなかったはずである。

「王太子殿下は、ひとたびは父王にお譲りになった。だが、二度お譲りになる必要はない。それは善行も度がすぎるというもので、運命がそんなことは許さぬさ」

「うむ、おれも同感だ、ナルサス」

力をこめてダリューンがうなずく。

ペシャワール城を退去するにあたって、ナルサスはキシュワードに手紙を残し、精密な作戦案を与えておいた。あくまでもキシュワードに対してのもので、アンドラゴラス王に協力する気はさらさらない。

「おれの策が採用されたところで、アンドラゴラス陛下が勝利なさるとはかぎらぬ。おれの策を使って軍が敗れた場合、責任はおれにある。だが、おれの策をしりぞけて敗れたとき、責任は陛下に帰することになるな」

淡々とした口調だが、内容は辛辣《しんらつ》そのものである。ダリューンは、友の真意をさぐるような視線を送った。

「おぬし、それを望んでいるのではないか。アンドラゴラス陛下がおぬしの策をとらず、敗亡なさることを」

もしそのような結果になれば、アンドラゴラス王は自分の責任によって敗れ、兵を失い、さらには人望も権威も失ってしまうことになる。今度こそ、アルスラーンの立場は、父王を圧倒することになるだろう。

ダリューンの問いに、ナルサスは率直には答えなかった。

「すべては神々の御心によるさ」

責任を天上の神々に押しつけて、地上の軍師は悠然とあくびをしたのだった。

V

ひさびさに精霊《ジン》の声をファランギースが聴いたのは、七月の上旬の夜半であった。空が光の白布を地上に投げかけはじめたころ、ファランギースは武装をととのえ、愛馬に乗ってギランの町を出ていこうとした。ほんのしばらく馬を歩ませたところで、美しい女神官《カーヒーナ》は陽気な声をかけられた。

「うるわしのファランギースどの、どちらへ行かれる？」

そう問いかけてきた声の持主は、いまやギランに並ぶ者もない伊達《だて》男《おとこ》として知られる若者だった。妓館から出てきて王太子府に朝帰りしようというところである。

女神官《カーヒーナ》が答えぬので、楽士はことばをつづけた。

「いや、どちらへ行かれるにしても、ファランギースどのの影が差す場所であれば、おれはかまわぬ。いかな魔境であれ、おともさせていただくものを、声もかけてくださらぬとは、つれないではないか」

「気を遣《つこ》うてのことじゃ。おぬしは夜ごとの恋にいそがしかろうと思うてな」

「いやいや、夜ごとの恋など所詮は幻夢《げんむ》にすぎぬ。おれにとってまことの慕情は、ただファランギースどのにささげるのみ」

ギーヴのたわごとを冷然と聞き流したファランギースだが、再三の質問を受けて、めんどうくさそうに答えた。

「精霊《ジン》どもがいうには、北へ行くと珍しい客に会えるとか。たいくつしのぎに、ちと馬を駆ってみようと思うてな」

「珍しい客とは、旧知の者かな」

「さて、そこまではわからぬ。旧知の者であっても、わたしはまったく困ることはない。おぬしとちごうて、誰にも怨《うら》まれるおぼえはないのでな」

ほんとうだろうか、と、ギーヴは内心でやや疑惑をいだいたが、口には出さぬ。いそいそとファランギースに並んで自分の馬を進めた。

妓館の帰りゆえ、ギーヴは腰に剣をさげただけの軽装である。城外に出ると、ギーヴは一軒の店を見つけて馬を寄せた。旅人用の道具や品物を売っている店で、食糧、馬具、毛布などといっしょに、護身用の武器もひととおりそろえてある。ギーヴはそこで弓と矢と矢筒を買いこんだ。弓は丈夫なだけが取柄だが、このさいギーヴとしては実用性だけが問題なのである。

ファランギースとギーヴは北への騎行をつづけた。暑いが空気が乾いているので、それほど不快ではない。パルスが文明国である証拠は、主要な街道の左右にはかならずりっぱな並木が植えつけられていることだった。緑蔭《りょくいん》をわたる風は、旅人の身と心を安らわせてくれる。

「ファランギースどの、あれを」

そうギーヴが声をあげたのは、夏の陽が西の地平に下端を溶けこませはじめたころあいであった。

ギーヴにいわれるまでもなく、ファランギースは気づいていた。街道からはずれた野の涯《はて》近くに、いくつかの騎影が動き、土煙が舞いあがっている。近づくにつれ、二騎の旅人がその二十倍以上の集団に追われていることがはっきりとわかった。ひさびさに、女神官《カーヒーナ》のほうが楽士に声をかけた。

「さて、おぬしはどちらに加勢する、ギーヴ」

「気に入ったほう、あ、いや、むろんファランギースどのが気に入ったほうにだ」

ギーヴのひよりみを無視して、ファランギースは馬の脚を速めた。たちまち夏風を切る軽快な疾走にうつる。一瞬おくれて、ギーヴもそれにならった。


王都エクバターナを脱出したエステルとメルレインは、南への旅をつづけてきた。なぜ南へ、といえば、極端なところ他の方角へ旅する理由がなかったからである。東も西も戦乱がせまっていた。そして、南方ギランの町に王太子がおり、兵を集めているということが、旅人たちの口から伝わってきたのだ。

メルレインとエステルは、それぞれの理由で王太子アルスラーンに会わなくてはならなかった。正確には、メルレインの場合、王太子と同行しているはずの妹にである。ふたりは王都からギランへと伸びる街道に馬を乗り入れ、ひたすら南下したのであった。

さて、現在、パルス全土を統一支配する正当な勢力は存在しない。王都をルシタニア軍が占拠し、東部国境地帯にはアンドラゴラス王の軍隊がおり、南部海岸地帯にはアルスラーン王子がいる。で、さてそれらのささやかな勢力圏からはみ出た広大な地方は無政府状態にある。暴力によって利益をえようとする者どもはいくらでもいるし、彼らから身を守るには実力によるしかないのだ。

というわけで、メルレインとエステルは、旅をつづけるうちに、一度ならず盗賊の群に出会ったのである。

そのたびにふたりは馬を飛ばし、それでも追ってくるしつこい者どもには、メルレインが矢をごちそうしてやった。

そのようにして、半月にわたる旅を、この奇妙な男女の一対はつづけてきたのである。そして、ギランまで半日行程というところまで来て、これまでで最大の、そして最悪の盗賊たちと遭遇したのだった。

かつ逃げ、かつ矢を放ちながら、メルレインは腹をたてていた。ゾット族の勢威が健在であれば、ひとりやふたりの旅人を襲うようなせこい盗賊どもをのさばらせてはおかないのに。

三騎めを射落としたとき、メルレインは、自分が手を下さないのに四騎めが絶叫を放って落馬するのを見た。忽然《こつぜん》とあらわれた二騎の男女が、加勢することを実行で知らせたのである。

その男女はすばらしい騎手であり、おそるべき射手であった。弓弦が竪琴《バルバド》か琵琶《ウード》のように鳴りひびくと、銀色の線が大気を裂き、馬上の男たちが転落していく。一本のはずれ矢もなかった。

うろたえた盗賊どもは、散開して矢を避けつつ、あらたな敵を包囲しようとしたが、その動きをあざわらうような男女の馬術と弓術に翻弄《ほんろう》され、犠牲をふやすばかりだった。盗賊どもと彼らとでは、射手としても騎手としても格がちがった。

「何てこった。おれはどうやらパルスで三番め以下の射手らしい」

メルレインは、自分の売り文句を訂正する必要を認めた。彼自身も幾本かの矢を放って、それと同じ数の敵を射落としたが、途中からやめてしまい、ふたりの男女が眼前で展開する神技のかずかずを、感心しきってながめていた。愛想のまったくない若者だが、他人のすぐれた技倆《ぎりよう》には、すなおに感心するのである。

盗賊たちこそ、いい面《つら》の皮であった。パルスきっての弓の名人たちに標的にされ、剣をまじえることもできずに馬上から射落とされていく。もっとも、剣をまじえたところで、射殺が斬殺にかわるだけのことであったろう。

ついに盗賊どもは逃げ出した。半数以上の仲間を失い、恐怖と敗北感に打ちのめされながら逃げ散っていった。男女ふたりの弓の名人たちが悠々と馬を返して、メルレインたちに近づいてきた。

「おかげで助かった。それにしてもあんたたちは何者だ!?」

メルレインがギーヴに呼びかけたが、会話が成立したのは女どうしのほうだった。長い黒髪と緑の瞳を持つ美しい女が、エステルに笑いかけたのだ。

「ほう、おぬしはルシタニアで一番、元気のよい騎士見習ではないか。あいかわらず元気でおったか」

「ファランギース!」

「なるほど、珍客じゃ。精霊は嘘をつかぬものじゃな」

ファランギースがもういちど笑ったが、エステルは笑いもせず、いささか性急にことばをつづけた。

「助けてもらって、かたじけない。それにしても、おぬしがここにいるということは、王太子も近くにいるのか」

「ギランの町におられる。ここから半日行程というところじゃ」

「アルフリードも?」

「むろん。あの娘《こ》に会いたいのか、おぬし」

からかうようなファランギースの表情に応じて、エステルはメルレインの姿を指《さ》ししめし、彼がアルフリードの兄であって、妹を探して旅をしていることを告げた。この事実には、さすがに、美しい女神官《カーヒーナ》も旅の楽士もおどろき、とっさにへらず口もたたかず、むっつりとした若者の顔をしばらくは見やっていた。

人数が倍になって、一行がギランの町にもどってきたのは、翌七月十日の午前《ひるまえ》である。王太子府に彼らが姿をあらわすと、仲間たちが出迎えたが、

「あっ、兄者!」

アルフリードの叫びが、一同をおどろかせた。幾本もの視線が、糸をひいてアルフリードに集中する。

「アルフリード、お前どこでどうしていたんだ」

メルレインはいい、急に声を高めた。

「こら、逃げるな! お前とは、ゆっくりと話をする必要があるんだ」

「あたしには話なんかないよ」

反抗的というより弁解がましくアルフリードはいったが、逃走は断念せざるをえなかった。

一同は広間に会して座につき、冷えた薔薇水《ルリシーサ》が供され、あわただしく事情が語りあわれ

た。兄の話を聞き終えたアルフリードは、言下に、族長就任を拒絶した。

「あたしは族長になんかなる気はないよ。兄貴がなればいいじゃないか。年も上だし男だし」

「親父の遺言では、お前が次期の族長に指名されていたんだ。遺言をないがしろにするわけにはいかん」

「遺言なんて、生きてる者のつごうも考えずに、死ぬ奴が勝手に決めるんじゃないか。第一、兄貴は親父と仲が悪かったんだろ。遺言なんて無視すればいいのにさ」

兄妹が主張しあうのを眺めていたダリューンが、ナルサスに人の悪そうな笑いをむけた。

「おい、何か一言あって然るべきではないか。おぬしにとっても他人《ひと》ごとではあるまいに」

「他人ごとだ」

ナルサスはそう答えたが、あっさりというより逃げ腰に近い。なるべく、かかわりあいになりたくないのである。アルフリードがゾット族の女族長にならなければ、このままナルサスのそばにくっついているだろうし、女族長になればなったで、何となく困ったことになるような気もする。無責任なようだが、これはもう成りゆきにまかせて、成りゆきを受け入れるしかない、と、ナルサスは思っている。彼がそんなことを考えている間に、兄妹の会話は進行して、メルレインの口からヒルメスという名が出てきた。

「ヒルメスだって!?」

アルフリードは目をみはった。

「兄者、そのヒルメスって奴、仮面をかぶっていなかったかい」

「そう、その男は銀色の、気味の悪い仮面をかぶっていた。しかしよく知ってるな」

「そいつは、親父の仇《かたき》だよ!」

アルフリードは叫び、メルレインはおどろいて妹を見やった。いそいでアルフリードが事情を説明すると、しばらく沈黙した後で、メルレインはうなり声をあげた。

「そうと知っていたら、ちくしょう、奴を生かしときはしなかったのに……」

その声が小さくなって消えた。銀仮面をかぶった男が、マルヤムの内親王イリーナ姫の想い人であることを思い出したのである。メルレインの胸中は、いささか複雑であった。ただ、むろん、銀仮面の男自身には何ら遠慮する必要を認めない。つぎに会ったときには、生死を賭けて勝負をいどむことになるであろう。

「ところでさ、兄貴、あの娘《こ》と何日も旅をしたんだろ。その間に何もなかったのかい」

アルフリードが話題を変えたのは、族長の地位を継承するという話に近づきたくなかったからである。彼女は兄の性格を知っていたから、返答は予想していた。

むっつりと、メルレインは答えた。

「何もやましいことはしておらん」

じつは彼は、ひ弱いほどしとやかな女性が好みだったのだ。元気のいい、口と身体のよく動く女性には色香を感じないのである。

「そうだろう、そうだろう、男女がいっしょに旅をしても何かあるとはかぎらぬ。おれはメルレインどのを信じるぞ」

いやに理解を示したのはナルサスである。彼がうなずくのを見て、ダリューンが何やらいいたげな表情をしたが、口に出しては何もいわなかった。

その件に関してはエステルもはっきりと否定した。

「わたしはイアルダボート神を信仰する身だ。異教徒たる者に身を汚《けが》されたりしたら生きてはおらぬ」

それですませては同行者に悪いと思ったか、エステルはつけくわえた。

「いうておくが、メルレインどのは、異教徒であるという一点を除けば、りっぱな騎士としてふるまった。ふたりともに後ろぐらいところは何もない」

話が一段落したところで、ナルサスは、アルスラーンにむかい、表情と声をあらためて発言した。

「かの騎士見習どのの申しようによれば、王都はいささかならぬ混乱の裡《うち》にある由。ルシタニア軍二十数万といえど、その実勢は衰えていると見てよろしゅうございます。そろそろ準備をすませてよろしいかと存じます」

ふたたび挙兵する日が近づいた、というのである。アルスラーンだけでなく、居並ぶ者すべてが大きくうなずいた。

ひとまず座が散じて、ナルサスはのびをしながら露台《バルコニー》に出た。兄妹再会の間に屋外では驟雨《しゅうう》があって、空気や露台の石が湿っている。

「ナルサスさま、空を」

エラムが碧空《へきくう》の一角を指さした。驟雨が終わったばかりの空に、半円形の光の橋がかかっている。淡い七色の半輪は、自分たち王太子一党の未来を神々が祝福しているように、エラムには思われたが、ナルサスはまぶしそうに虹を見あげているだけであった。

VI

このころ、ギランの西北方、約百五十ファルサング（約七百五十キロ）の地点には、メルレインとアルフリードの兄妹にとって父親の仇にあたる人物がいる。

ヒルメスは手勢をひきい、大陸公路と森ひとつへだてた脇道を、ひそかに西進していた。

王都エクバターナからヒルメスを追撃してきたゼリコ子爵は、一万騎をひきいて疾風のごとく大陸公路を走りぬけていった。いつのまにやらヒルメスを追いこしてしまったのだ。

逆にヒルメスはゼリコ子爵の軍をこっそり追尾する形になっている。さして静かにする必要もないくらいだった。何しろ一万騎が地を揺るがして疾走しているのだから、ルシタニア軍が他者の存在に気づくのはむずかしい。おまけに、すでに夜である。

それでもさすがに不審を感じはじめたころ、前方の夜のなかから、ひたひたと近づいてくる軍勢の存在を知った。ついに銀仮面の軍を捕捉したのだ。

「銀仮面の手勢は二、三千人しかおらぬ。こちらがはるかに多いのだ。正面から一気にたたきつぶしてしまえ」

ゼリコ子爵は自信満々でそう命じた。ゼリコ子爵の命令は正しかった。ただし、命令の前提となる事実の把握が、まったくまちがっていた。彼らの前方に立ちはだかったパルス軍の数は、ルシタニア軍の三倍という大兵力であったのだ。

そのことにルシタニア軍は気づかぬ。いや、パルス軍が気づかせなかった。パルス軍の指揮者は、じつに巧妙な用兵家であった。最初の衝突の後、じわじわと後退をはじめ、さらに幾度かもみあうと、急速に後退した。かなわじと見て逃げ出したものとゼリコは信じた。突進を命じ、押しまくった。無我夢中の時間がすぎて、はっと気づいたとき、ルシタニア軍は前、左、右の三方を完全に敵に包みこまれていた。うろたえるゼリコの前に、黒々とした騎影が躍り立った。

「おぬしがルシタニア軍の指揮者だな」

その声が、パルス軍の指揮者のものであることを、ゼリコは悟った。落ちつきはらった声が、さらにつづく。

「おぬしらに勝算はない。さっさとエクバターナにもどって生命をまっとうすることだ」

「だまれ、異教徒め！　悪魔の手下め」

ゼリコはわめいた。

「われらには神のご加護がある。なんじょう、きさまらごときに負けるものか。きさまの首を神の祭壇に飾り、神の使徒としての使命をまっとうしてくれるわ」

激しい勢いで、ゼリコは敵将に斬ってかかった。

ゼリコは臆病ではなかった。だが、無謀であることは反論のしようがなかった。彼が斬りかかった相手は、かつてパルス王国が誇った十二人の万騎長《マルズバーン》のひとり、勇将サームであったのだ。
二、三合撃ちあったのは、武人としての礼儀のようなものであった。サームの剣がゼリコの冑《かぶと》の下に撃ちこまれた。白刃は左の耳から右肩の付根にかけて、ゼリコの急所を存分に斬り裂いた。勇敢だが愚かなルシタニア貴族は、血の噴水を高々とあげて馬上から吹き飛んだ。

ゼリコの亡骸《なきがら》が大地にたたきつけられたとき、彼の部下たちはすでに潰乱《かいらん》状態におちいっていた。三方からパルス軍に斬りたてられ、突きくずされ、ついに残る一方向にむかって逃げ出した。ことさらにサームは追わなかったが、ルシタニア軍の遺棄死体は三千を算えたのである。

サームはふたたび軍容をととのえ、主君たるヒルメス王子との合流を果たした。ヒルメスは、逃げくずれてくるルシタニア軍を手ひどくたたいて、さらに二千人あまりを討ちとっていた。

「いよいよ王都を奪還する秋《とき》がきたぞ、サーム卿」

「殿下のご偉業に、微力ながら貢献させていただけることを光栄に存じます」

サームの声は、あいかわらず静かだった。ゼリコ子爵を斃《たお》した功を誇るでもない。このていどの功績は、サームにとって児戯《じぎ》にひとしいのである。

「ギスカールめ、今宵《こよい》のことを知ってどう動くか、あるいは動かぬか。楽しみなことだ」

血ぬれた長剣を、ヒルメスは鞘《さや》におさめ、サームにむかって問いかけた。サームがザーブル城を守護している間、西方のようすはどうであったか、と。

西方よりの情報をサームがまとめたところでは、イリーナ姫の故国のようすは香《かんば》しいものではない。マルヤムを完全な神権国家に変えるべく、大司教ボダンが奮闘しているという。ことごとに神の名を盾にして自分の勢力を伸ばし、陰謀をめぐらして同僚をおとしいれ、反対する者を処刑し、急速に地位をかためている、と。

「ボダンなる男、マルヤムの兵馬をもってギスカール公に対抗する心算やもしれませぬ。ギスカール公にとってかわることがかなえば、イアルダボート教世界全体の支配権を独占することができるであろうと」

「奴にそのような器量があるか。あれはギスカールのいうとおり、狂い猿にすぎぬ」

ヒルメスがあざわらうと、慎重にサームは指摘した。

「器量はともかく、野心はございましょう。現にマルヤム一国は、彼の汚《けが》れた手に落ちつつあります。どうか殿下には、ご油断なさいませんよう」

「うむ、わかった。だが、さしあたり、おれとしてはギスカールめとアンドラゴラスめで手いっぱいだ。こやつらの息の根をとめてから、ボダンのことは考えるとしよう」

ヒルメスがいうと、黙然たる一礼で、サームはそれに応じた。彼が王子の御前から退出すると、ヒルメスは銀仮面ごしに低いつぶやきを発した。

「ボダンの狂い猿め。奴はいずれ必ずかたづけてやる。そうすれば、イリーナどのに国を返してやれるかもしれぬな」

イリーナ姫を保護して以来、ヒルメスは彼女と会うことを避けていた。復讐と野心にたぎりたつ自分の心情が弱まることを恐れたからであった。だが、パルスだけでなくマルヤムの国土をも回復し、両国を統一支配することができれば、ヒルメスの名は歴史に不滅のかがやきを残すことになるであろう……。

第五章　風《ふう》塵《じん》乱《らん》舞《ぶ》

I

七月にはいると、パルス東方国境を鎮護《ちんご》するペシャワールの城塞《じょうさい》は、一段と緊迫した空気につつまれた。ルシタニア軍に対してついに全面攻勢をかける、その時期が迫ったのである。アンドラゴラス王は自ら軍をひきいて、戦陣の先頭に立とうとしていた。

「さっさと隠居して王太子に実権をわたせば気楽でいられるものを。自分の力でエクバターナを奪回せねばならんのだぜ。わかっているのかね、苦労せにゃならんことが」

そうギーヴなら皮肉るところだが、アンドラゴラスはこの年四十五歳で、君主としてはむしろまだ若いといってよいほどである。ひとたび失ったかに見える地位を自力で回復した以上、引退する気など、あるはずもない。むっつりと不機嫌そうなようすながら、その堂々たる威風は全軍を圧し、たとえ反感を持つ者でも、その前に出ればすくんで口もきけなくなるかと思われた。

中書令《サトライプ》のルーシャンは、このところめっきり老けこんだように見える。思慮ぶかく質実で、王太子アルスラーンの後見役をよくつとめてきた彼だが、王太子が追放されて以来、元気がなかった。アンドラゴラス王は、ルーシャンを解任こそしなかったが、ほとんど無視していた。さまざまな雑務を処理させるだけで、重要な相談を持ちかけることはなかった。

「アルスラーン殿下が国王《シャーオ》として即位なされば、ルーシャン卿は宰相《さいしょう》になれたところだったのにな。それが国王の復活で、かえってうとんじられることになってしまった。何が災いするやらわからんぜ」

城内に、そういうささやきがある。アルスラーンに信頼され、最年長の重臣として遇されていたときにくらべ、ルーシャンが精彩を欠くようになったのはたしかだった。

ところで、この時期、ペシャワール城と河ひとつをへだてたシンドゥラ王国では、パルス王太子アルスラーンの心の友と称する人物が、しばらくぶりに知ったパルスの政情の激変におどろきあきれていた。

「何と、アルスラーンは父王に追放されたというのか。これまでの功業を無視されて? アンドラゴラス王とやらも、息子にえらく酷《むご》い仕打ちをするものだな。アルスラーンも気の毒に」

不運な王子に、ラジェンドラは同情した。彼は勝手に、アルスラーンを自分の弟分とみなしていた。また、アンドラゴラス王がアルスラーンほどラジェンドラに対して好意的であるとも思えぬ。どう考えても、アルスラーンがパルスの王権をにぎってくれたほうが、ラジェンドラとしてはありがたい。

といって、積極的にアンドラゴラス王を打倒しようという気は、ラジェンドラにはない。アルスラーンが父王と対決するときには、「がんばれ、がんばれ」と遠くから応援してやるつもりである。それ以上、よけいな力を貸したりすれば、アルスラーンに対して失礼ではないか!

もうひとつ、シンドゥラ国王が気にしている異国人がいた。

「イルテリシュめは、どこに身をひそめたのであろう。あの狂戦士めがどこやらうろついていると思えば、北方に対して枕を高くすることもできぬて」

ラジェンドラはかなり真剣にトゥラーンの若い僭主《せんしゅ》の行方を探し求めたが、ついに発見することができなかった。

「故国に帰ることもできず、おそらくどこかでのたれ死んだのでございましょう。二度とかの者の噂を聞くこともないと存じますが」

ラジェンドラのもとに帰ってきた諜者《ちょうじゃ》たちは、いずれもそう報告した。シンドゥラ国王にとっては吉報といってよい。トゥラーンが事実上ほろび、もっとも恐るべき敵手が地上から消えたというのだから、これほどうまい話はない。ラジェンドラは、うまい話が大好きだったが、なぜか今回は、なかなか信じる気になれなかった。

だが、結局のところ、死んでしまったらしい人間よりは、まだたしかに生きている人間のほうがだいじだった。ラジェンドラは、イルテリシュの行方に対する調査を打ち切り、今後パルス軍がどう動くか、その点を注意ぶかく観察することにした。


さて、ペシャワールの城内で、いまもっとも苦労の多い人物はキシュワードであろう。

キシュワードの家は、パルス建国以来、王室に仕えてきた武門である。彼自身をふくめて六人の万騎長《マルズバーン》をうみ、第八代国王《シャーオ》オスロエス三世の御世《みよ》には大将軍《エーラーン》も出した。格式からいえば、「戦士のなかの戦士《マルダーンフ・マルダーン》」ダリューンでさえキシュワードにはおよばない。ダリューンの伯父ヴァフリーズが、大将軍《エーラーン》に先だって万騎長《マルズバーン》になるまで、千騎長どまりの家系であった。

クバードはといえば、父親は平民であった。すぐれた猟師であり、剛力でもあったので、百騎長の地位にあった騎士が、自分の娘と結婚させ、家を継がせたのである。身分制度にも、このような抜け道があるのだった。

したがって、クバードは、キシュワードほどに、国王や王妃に対して、おそれいる気分がすくない。アトロパテネ会戦のおり、「逃げ出した主君に忠誠をつくせるものか」と公言したのも彼であった。彼はダリューンが残していった一万騎の指揮権をあずかっていたが、剛愎《ごうふく》なアンドラゴラス王も、どういうものかクバードを使いづらいらしかった。万事キシュワードが軍隊についてはとりしきることになり、クバードはそれをよいことに酒を飲んでばかりいた。クバードにいわせると、誰かひとりが悩んでいれば、べつのひとりは楽しむ。でなくては世の調和がとれぬというのである。

「キシュワードよ、おれより若いくせに、おぬしも苦労性だな。世の中、人の思いどおりにはなかなかならぬものさ。深刻にならぬがいいぞ」

そういうクバード自身の、人生における信条はといえば……。

「成功すればおれの功績。失敗すれば運命の罪」

からからとクバードは笑ったものである。

「そのていどに開きなおっておるほうが、頭や胃を痛めずにすむぞ。ま、おぬしが悩んでくれるから、おれとしては助かるわけだが、ほどほどにしておくことさ」

たしかにクバードのいうとおりだ。だが、クバードの論法を借りれば、キシュワードの立場も、彼自身の意思ではどうにもならぬことであった。

トゥースとイスファーンは、王太子アルスラーンが父王によって追放されたとき、ペシャワール城に残留した。このふたりが、キシュワードと面談したことがある。

イスファーンは、いささか残念そうであった。いいづらそうに、だが真剣に、キシュワードにうったえた。

「事、志《こころざし》とちがうとまでは申しませんが、何やら不本意な気がいたします。王太子殿下があのような形でペシャワールから退去なさるとは。私などが口をさしはさむ筋ではござらぬが、アンドラゴラス陛下にも、他になさりようがあったのではござるまいか」

トゥースは沈黙している。もともと無口な男である。表情すらあまり動かさぬ。おそらくパルス随一の鉄鎖術《てつさじゅつ》の達人であるが、それを自慢するわけでもない。家族がいるかどうかすらわからぬ。だが、イスファーンと同じ考えであることは、キシュワードにはよくわかった。口に出さぬ分、国王《シャーオ》アンドラゴラスのやりかたに対する批判は、イスファーンより鋭いかもしれぬ。

イスファーンとて、もともと多弁なほうではないのだ。トゥースが彼以上に無口なので、イスファーンがしゃべらざるをえない。そして、しゃべるほどに感情が高まって、国王《シャーオ》に対する不満がつのる。

もともとイスファーンは栄達を望んで戦陣に加わったわけではない。亡き兄シャプールにかわって、王家に忠誠をつくしたいと思ったのだ。むろん、万騎長《マルズバーン》にでもなって武名をかがやかすことができれば、家門の誉《ほま》れというものだが、それは結果であるにすぎない。

いやけがさしたら故郷へもどっても、誰もこまりはしないのだ。

聞くだけ聞いて、キシュワードはたしなめた。

「短気をおこすな。そもそも、われわれがルシタニア軍と戦うのは、パルスの国土と民衆を悪虐な侵掠者《しんりやくしや》の手から解放するためだ。王家や宮廷などのことは、いまは忘れろ。王都を回復してから考えればよい」

これはキシュワードが自分自身に言い聞かせていることばであるのだった。

トゥースやイスファーンと別れると、キシュワードは足を城内の塔のひとつにむけた。その一画に、トゥラーンの若い将軍ジムサがとらわれているのである。

「国王陛下のおおせである。トゥラーン人たるおぬしを、征途に上る前の血祭りにあげよとのことだ」

部屋にはいってきたキシュワードからそう告げられたとき、トゥラーンの若い将軍のジムサは、ややあって口もとをゆがめた。

「ありがたいことだ、涙も出ないほどにな」

彼は囚人であり負傷者であって、その身分にふさわしく、牢獄であり病室である一室に閉じこめられていたのだ。彼はナルサスの策にかかり、パルス軍に通じた者として、味方であるトゥラーン軍に追われ、矢傷を負った。彼を救って治療をほどこしたのは、アルスラーン王子の軍である。そのアルスラーンは父王によってペシャワール城を追放され、ジムサのほうは動くに動けず、そのまま城内にとどめおかれていた。

「国王《シャーオ》のおおせではあるが、敵ながらトゥラーンの武将として勇戦したおぬしを、むざむざ死なせる気になれぬ」

キシュワードはわずかに声を低めた。

「機会をやろう。出陣の儀式は明後日だ。それまで城内にいれば、おぬしの運命は、国王《シャーオ》の命令をこえることはできぬ」

ことばには出さぬ。だが、キシュワードが言外に勧めているのは逃走にほかならなかった。ジムサの表情が動くのを見やると、キシュワードは踵《きびす》を返し、厚い扉は閉ざされた。

II

しばらくの間、ジムサは考えこんでいた。過去と現在と未来について、思いをはせざるをえなかったのである。

そもそも、ジムサは現在ペシャワール城で生きているということ自体がおかしい。彼が属していたトゥラーン軍は敗滅し、国王《カガーン》トクトミシュもこの世になく、親王《ジノン》イルテリシュも行方が知れぬという。皮肉なものだ。ジムサはこのふたりによって裏切者とみなされ、味方の矢で負傷するはめになったのである。

そのふたりが消えてしまった以上、ジムサは故国トゥラーンに帰ることができるかもしれない。だが、「どの面《つら》さげて帰れるか」というのは、まさにこのことである。彼には兄弟もその家族もいたが、おりあいが悪く、帰ったところで歓迎されるとも思われなかった。じつのところ結論が出るのに長い時間はかからなかった。逃げ出さなければ殺されて出陣の血祭りとされるだけのことである。王太子アルスラーンによって助けられた生命を、その父王であるアンドラゴラスによって奪われるというのは、どう考えてもばかばかしい。

「よし、生きてやる。無事に逃げおおせてみせるぞ」

ジムサは決意した。トゥラーンは事実上、滅亡し、国王は死んだ。だからこそ、ジムサは生きるべきなのだ。

いったん決意すると、ジムサの行動はすばやかった。夜にはいり、兵士たちの就寝時刻がすぎると、彼は床から起きあがった。窓に鉄格子がはまっていたが、それは十日以上の間、スープをかけ、甲《よろい》の破片で削って、ひそかに弱めてある。鉄格子の一本をはずし、他の一本に寝台の敷布をむすびつけ、二千を算《かぞ》える時間をかけて、ジムサは窓の外におりたつことができた。屋外は厚い闇に閉ざされていた。

「ちっ、どこに何があるか見当もつかぬ。まるでおれの将来のようだ」

心につぶやきながら、ジムサは足音を忍ばせて歩き出した。はずした鉄棒以外、武器を持ちあわせぬのが何とも心細い。兵士の話し声や馬の鳴声を避けつつ、暗がりのなかを進んでいくうち、彼は鳥のようにとびのいた。彼よりひとまわり大きい武装した人影が、すぐ近くにあらわれたのだ。

「誰だ、そこにいるのは」

「おれだ」

「おれだではわからぬ。あやしい奴め、きちんと名乗ったらどうだ」

えらそうにジムサは決めつけたが、現在ペシャワール城でもっともあやしい人物はジムサなのである。相手はいささか気分を害したような口ぶりで答えた。

「王太子におつかえするザラーヴァントだ」

ジムサの闇に慣れた目に、相手の顔が映った。ザラーヴァントの名は知らぬが、その顔は記憶にある。ジムサ自身が、毒の吹矢によって彼を負傷させたのだ。かつての敵と味方が、壁一枚をへだてて、床で負傷の身を癒やしていたのである。アルスラーンが父王から追放されたときも床についていて、何かしようにもできる状態ではなかった。

今回の出陣でも、彼は負傷をいいたてて、役につこうとしなかった。本来なら、トゥースやイスファーンと肩を並べるべき男であるが、病室を出ず、国王の御前に伺候《しこう》しようとさえしなかった。ザラーヴァントにいわせれば、これが王太子なら自ら足を運んで病人をいたわってくださるだろう、と。

「おれはパルス騎士として国王《シャーオ》アンドラゴラス陛下におつかえせねばならぬ身だ。だが、王太子殿下に対する国王のなされようを見ておると、どうも得心《とくしん》がいかぬ。考えてみれば、おれはもともと王太子の御前にこそ馳せ参じた身であった」

だからによって、この城を退転する。ザラーヴァントはそういうのである。アンドラゴラス王が出陣した後なら、いくらでも簡単にそうできるのだが、それではいさぎよくない。国王《シャーオ》のやりかたに抗議する意味でも、今夜、城を出る。

「いずこの国に生まれようと、心をひとつにして、おなじ主君をあおげばよいのだ。シンドゥラ人の件で、そのことが身にしみてわかった。わかったからには、かのシンドゥラ人にも詫《わ》びをいれ、アルスラーン殿下のおんために、ともに戦いたいと思うてな」

ザラーヴァントはそれほど雄弁ではなく、自分の心理を説明するのにかなり苦労した。だが、ジムサは彼の心を諒解《りょうかい》した。思えば、あのアルスラーンという王太子は、無能に見えて、なぜか勇者たちの人望を集める力を持っているようである。

「おれはアルスラーン王子に助命してもらった。生きてあるからには、生きる道を選ばなくてはならぬ。その道は、どうやらおぬしと同じ方向のようだ」

ジムサはそう語り、提案した。

「この際だ。どうせのこと、力をあわせてペシャワール城から脱出しようではないか」

こうして、かつては殺しあう仲だったふたりの騎士は、いまや共通の目的を持って、パルスの城塞を脱出することになった。

ザラーヴァントは、単純だが効果的な方法を考えていた。彼が国王よりじきじきの命令を受け、おともの騎士ひとりをつれて城外へ出る、というものである。多少の準備の後に、ふたりは馬と武装をととのえ、夜半、城門から出ることに成功した。どうせ長いこと、この成功はつづかないと思っていたが、そのとおり、城門を出た直後に、事情は露見してしまった。

「トゥラーン人が逃げたぞ！」

叫び声が、冷たい石の壁に反射した。

ザラーヴァントとジムサは激しく乗馬をあおった。馬蹄《ばてい》の先に小石がはねて、火を散らすかと思われるほどだ。

虜囚の逃亡を知ったペシャワール城塞では、ただちに追跡を開始した。トゥラーン人を逃がすのに、有力な将軍のひとりであるザラーヴァントが力を貸したことは、すぐにわかって、騒ぎはさらに大きくなる。ザラーヴァントまで逃げ出すとは、キシュワードも予想していなかった。

「こうなると、アンドラゴラス陛下に忠誠をつくそうという者が、はたして幾人おることか。思いやられるな」

そう思いつつ、キシュワードは脱走者をとらえるために兵を出さねばならなかった。夜間の追跡劇は、月が中天に達する時刻までつづいた。後方に馬蹄のひびきが迫ると、ザラーヴァントが、できたばかりの仲間にどなった。

「先に行け、トゥラーン人、ここはおれが防ぐゆえ」

ザラーヴァントは鐙《あぶみ》から足をはずし、ジムサの乗馬の尻を蹴った。馬はいななき、高々と前脚をあげた。それを地におろすと同時に、暴風のような勢いで走りだし、走り去った。鞍上《あんじょう》のジムサが口をはさむ間もなかった。

ザラーヴァントが大きな岩の背後に乗馬を隠し、剣をひざの上において岩の上にすわりこんでいると、たちまち追跡者たちが夜の奥から騎影をあらわした。ザラーヴァントの剛勇を知るだけに、あえて近づこうとせぬ。万騎長《マルズバーン》キシュワードが馬を進め、逃亡者にむけて声を投げかけた。

「ザラーヴァントよ、おぬしはトゥラーン人に刃《やいば》をもって脅かされ、このような仕儀《しぎ》となったのだな。そうであろう」

キシュワードの真意は、ザラーヴァントに罪をまぬがれさせることにある。いずこの国であっても、脅迫されてやむをえずおこなった場合には、罪は軽くなるものだ。

だが、ザラーヴァントの返答は、おそれいるような態度にほど遠かった。

「このザラーヴァント、脅迫されて命令にしたがうような腰ぬけではござらぬ。ひとたび助命した者を出陣の血祭りにするなど、騎士の道に反すると思うがゆえに、あえてこのような道を採り申した」

「ぬかすわ、青二才が」

腹にこたえるような声とともに進み出た人物がいる。

キシュワードがいそいで礼をほどこした。パルス国王アンドラゴラス三世が、自ら馬を出してきたのである。

「青二才よ、それほどの口をたたくなら、武勇をもって騎士の道とやらをつらぬいてみるか。予と刃をまじえるつもりでおるのか」

「国王陛下に向ける刃などございませぬ」

「では、そこをどけ。トゥラーン人めを、生首にして、汝《なんじ》の罪は赦《ゆる》してくれよう」

「さて、臣めはかのトゥラーン人に対して約定《やくじょう》いたしました。かの者が無事、逃げおおせるまで追跡を防ぎとめてみせると。いまさら約定をたがえることはできませぬ」

「世迷言《よまいごと》をほざきおる。ナルサスあたりの毒気にでもあてられたと見えるな」

アンドラゴラスは太い右腕を横に伸ばした。従者が差し出した槍《やり》をつかみとると、音高くしごく。夜気のなかに殺気が充満した。

「死なねば面目がたつまい。国王が手ずからパルス騎士の面目をたててやる」

「陛下！」

キシュワードが声を高めた。

「お怒りはごもっともなれど、パルス国王たる御方がパルス騎士をお手討《てうち》なされては、御手が汚《けが》れましょう。陛下のご武勇は、ルシタニア人に対してこそ」

言外にいう。国王が自らの手で味方を殺したとあっては、将兵の士気がそがれる。国王の容赦なさに反感をおぼえる者も出て来るであろう、と。忠言である。だが、それだけに耳に痛い。アンドラゴラスは、不快げに眉をしかめた。

「謀叛人《むほんにん》を討つ権利が国王《シャーオ》にはないと申すか、キシュワードよ」

「まげてご寛恕《かんじょ》を。ザラーヴァントはこれまで国のためにいくつも武勲《ぶくん》をたてております」

「ふん、旧《ふる》い功をもってあたらしい罪をつぐなわせるというわけか」

薄く笑ったアンドラゴラスは、その表情のまま、腕をふりあげて槍を投じた。

槍はうなりを生じて飛び、ザラーヴァントの胸甲《きょうこう》に突き立った。すさまじい勢いであった。明らかに甲に亀裂の走る音がして、ザラーヴァントの身体は大きく揺れ、岩の上から後方へ転落していった。

しばらくは身動きする者もいない。

「キシュワードめがよけいなことを申すゆえ、つい加減してしまったわ。彼奴《きやつ》に運があれば、生き永らえることもあろう」

吐きすてると、アンドラゴラスは乗馬の手綱《たづな》を引いた。キシュワードもそれにつづいて馬首をめぐらしつつ片手をあげ、帰城の指示を下す。千余の馬蹄が地表に鳴って、追跡行の将兵はペシャワールへの帰途につきはじめた。乗馬を駆りながら、キシュワードは、微笑をひげの下に押し隠した。ザラーヴァントめ、存外にぬけめない男だ。さりげなく、強風の風上に立っていたのだから……。

一方、夜道を疾駆しながら、ジムサは胸中につぶやいていた。

「まったく人の運命とはわからぬもの。トゥラーン人たるおれが、かさねてパルス人に生命を救われるとはな」

しかも、そのパルス人は、どうやら自分の生命を落としたようである。とすれば、二重にも三重にも、ジムサはパルス人に借りがあることになる。

「飢えているときに一頭の羊をわけてもらった恩は、一生かかっても返さなくてはならぬ」

とは、遊牧国家トゥラーンに伝わる箴言《しんげん》であって、ジムサはそれを身にしみて思いおこした。こうなればパルス王太子アルスラーンに再会し、ザラーヴァントの死を告げてやらねばなるまい。奇妙なことになったが、それも生きていればこそだ。よしとしよう。

ジムサの騎行は、何しろ夜でもあり異国でもあったので、その実力ほど速くはなかった。夜が明け放たれる直前、ジムサの耳は、後方から近づく馬蹄の音をとらえた。剣の柄に手をかけつつ振りむくと、彼の視界に映った騎馬武者は、何とザラーヴァントである。

「おぬし、生きておったのか」

「あいにくと生きておるわい。あと半歩で死神に襟首をつかまれるところであったがな」

ザラーヴァントは大きな手で甲冑《かっちゅう》の汚れを払った。胸甲に大きく亀裂がはいっている。アンドラゴラスの槍で受けた亀裂である。国王《シャーオ》の槍は、甲冑を割り、その下の衣を裂き、ザラーヴァントの皮膚を刺したのだ。彼が風上にいたのでなければ、すくなくとも胸骨をくだかれていたであろう。

「さて、長居は無用というやつだ。一刻も早くこの地を離れるとしようぞ」

こうして、パルス人とトゥラーン人の奇妙な一対は、大陸公路を西へと駆けていった。適当な地点で彼らは公路から南へそれ、ニームルーズの大山脈を踏破し、王太子一党との合流をはかることになるであろう。

Ⅲ

出陣の血祭りにすべき人物は、ペシャワール城から逃げ去った。だからといって、出陣が延期されるわけではない。

「血祭りは後日のこととしよう。いずれルシタニア人どもの血が湖をつくるだろう」

アンドラゴラス王はそういい、ジムサらの逃亡に関してキシュワードを疑うようなことは口にしなかった。あるいはアンドラゴラス王はすべてを承知で、キシュワードに心理的な圧力をかけているのかもしれぬ。

アンドラゴラス王にどう思われようと、こうなってはキシュワードは自分の責任を果たすだけのことである。着々と出陣の準備をすすめ、もはや国王の命令と同時にペシャワールの城門を出ることができる態勢がととのった。さすがにクバードも酒瓶を放り出して、千騎長たちを呼集し、何やら指示をはじめたものである。

千騎長のひとりバルハイは、最初、老バフマンの部下であり、彼の死後、ダリューンの下で働いた。そしてダリューンの脱走後はクバードの下に属することになった。その彼が、同僚の千騎長にささやいたものだ。

「おれも三人の万騎長《マルズバーン》を身近に見たが、三人めの御仁がどうやら一番いいかげんだな。いよいよ、おれもあの世で英雄王カイ・ホスローさまの軍隊の端に加えていただく日が近づいたかもしれんて」

そのことを、わざわざクバードに知らせた者がいるが、片目の偉丈夫《いじょうふ》は、「おれも同感だ」と笑ったきり、バルハイをとがめようとしなかった。

ペシャワール城の留守は、ルーシャンに命じられた。これはアルスラーン出陣のときと同様であったが、アンドラゴラスの態度から見て、その役目が以前より軽視されていることは、まちがいなかった。

そして出陣前夜である。

キシュワードは早々に自室に引きとり、従者にもさがらせた。床に敷かれた、葦織《あしお》りの円座に、あぐらをかいてすわりこみ、自慢の双刀を絹布《けんぷ》でみがきはじめる。これまで、ルシタニア、シンドゥラ、トゥラーン、ミスル、諸国の名だたる武将や騎士を、算えきれぬほど冥界《めいかい》へ送りこんだ、おそるべき武器であった。これを手入れするのに、他人の手をわずらわせることは、けっしてない。

黙々として刃をみがきつづけるキシュワードの手がとまった。奇妙な物音がしたのだ。

やわらかな、そのくせけっしてなめらかではない音で、とっさに何の音か判断がつかなかった。粗っぽい紙が何かに触れる音ではないか、と気づいたのは、立ちあがってからである。

キシュワードは床を見まわし、ついで腰を落として視線を低くした。幾度か姿勢を変えた末に、キシュワードがそれを見出したのは、窓にかかった厚地の長い帳《とばり》の下であった。ある種の松の樹皮から採られる接着剤で、帳の裏に貼りつけてあったのだ。日がたち、接着剤の効果が消え、床に落ちたのであろう。

キシュワードはひろいあげた。太い糸でしばられた、厚い変色した紙の束である。キシュワードの脳裏に、雷光がひらめいた。それが何であるか、彼は思いあたったのだ。

「……これはヴァフリーズ老の密書か」

キシュワードの両眼に動揺の色が走った。

昨年の初冬、王太子アルスラーンがペシャワールに入城して以来、一党の胸底にわだかまっていた一件がある。大将軍ヴァフリーズが万騎長《マルズバーン》バフマンに送った一通の密書。それには王太子アルスラーンの出生の秘密が記されていると推定されていた。パルス王家にとって重大な秘事である。何やら魔道の影を負った者が、それをねらって城内を暗躍したこともあった。それがいまキシュワードの手中にあるのだろうか。老人は、若い同僚の部屋にこれを隠していたのだろうか。

指先が封蠟《ふうろう》の上をなぞったところで、キシュワードは自制した。開封したいという衝動を彼はおさえ、左手にかたく握りしめた。自分ひとりで読むべきではない。この密書を読んだことで、老バフマンがどれほど懊悩《おうのう》したか、キシュワードはよく憶《おぼ》えている。

手紙をにぎり、踵を返そうとしたとき、扉口から彼にむかって声が流れた。

「キシュワード卿」

それは男の声ではなかった。ひややかな、というより感情を欠く乾いた声。表面的な音律がともなっているだけに、かえって人の心に寒風を吹きこむ効果があった。王妃タハミーネの姿がそこにあった。

「こ、これは王妃さま。このような場所に、おみ足をお運びいただこうとは」

双刀将軍の儀礼を、王妃は無視して、白い繊手《せんしゅ》を伸ばした。どうやってここに、このときに姿をあらわしたのか、キシュワードに考える暇《いとま》も与えぬ。

「手に持っているものをお渡しなさい。臣下たる身には不要なものです」

「…………」

「王妃の命令です。それとも拒《こば》みますか。パルスの臣下たる者として、あえて主君の意にそむきますか?」

「……いえ、王妃さま」

キシュワードの額《ひたい》に、汗が冷たい粒をつらねた。ギーヴであれば、キシュワードほどに王妃に気圧《けお》されることはなかったであろう。むろんそれは、キシュワードがギーヴより臆病だということを意味しない。キシュワードが骨の芯までパルス王室の廷臣だからであった。勇気や理屈の問題ではなく、代々つちかわれた臣下の精神の問題であった。

伸ばした繊手を、王妃は軽く動かした。無言のうちに、かさねて要求したのである。キシュワードが密書を引き渡すことを。おなじく無言のうちに、双刀将軍はその要求に応じた。王妃の掌《てのひら》の上に、大将軍ヴァフリーズの密書をのせたのである。

王妃の手が遠ざかるのを見ながら、キシュワードが感じたのは、敗北感よりもむしろ奇妙な安堵感《あんどかん》であった。そう、じつは彼は知りたくなどなかったのだ。王太子の出生の秘密などを知って何になるというのであろう。

王妃がヴァフリーズの密書を手に入れた。もともと秘密は王妃と、そして国王《シャーオ》のものだ。秘密が持主のもとにもどった。ただそれだけのことではないか。

「キシュワード卿は、ただに勇猛な武将というだけではありませぬな。よく臣下としての分をわきまえておいでで、妾《わたくし》としても喜ばしく思います」

王妃の声を頭上に聞きながら、キシュワードは、さらに深く一礼し、退出の許可をえようとした。と、その直前に、三人めの足音がたった。ずしりと重く力強い、それでいて柔軟さをあわせもった足音。虎や獅子の、最盛期にあるものを思わせる。傑出した戦士の存在をキシュワードはさとった。あげた瞳に映ったのは、予想にたがわぬ顔であった。王妃タハミーネの夫、国王《シャーオ》アンドラゴラス三世である。

「君臣の間に溝ができなんだことは重畳《ちょうじょう》というべきだな、キシュワードよ」

「おそれいります」

キシュワードの返答が形式的になるのは、しかたないことだった。それに気づいたかどうか、アンドラゴラス王は、王妃の手からヴァフリーズの密書を受けとった。

「この一年、パルスにどれほど奇妙なことがつづいたかわからぬ。この手紙ごとき、とるにたりぬ」

国王《シャーオ》の手が壁の松明《たいまつ》に伸び、炎の舌が密書にからみつくのをキシュワードは見た。国王の手から黄金色の炎が舞いおち、石畳の上で密書は燃えあがり、燃えつきついに灰となった。

「雨が降る前には雲が出るものだ」

謎めいた一言であったが、キシュワードは国王のことばの意味を理解した。さまざまな兇事《きょうじ》の原因は過去にある。おそらく先々代のゴタルゼス大王の御世に、何かがあったのだ。

できれば近づきたくないと思わせる何かが。

アンドラゴラスの声がつづいた。

「清廉潔白《せいれんけっぱく》な王家など、この世に存在せぬ。表は黄金と宝石に飾られても、裏にまわれば流血と陰謀に毒されておるのだ。ルシタニアの王家にしても同様だろう」

それはかつて地下牢《ディーマース》につながれていたとき、万騎長《マルズバーン》サームに告げたことと同様な内容であった。むろんキシュワードとしては、はじめて聞くことである。どう反応してよいのかわからず、双刀将軍《ターヒール》は沈黙を守っていた。

ふと思ったのは、アルスラーン王子の出生についてであった。出生の秘密に、何の意味があろう。アルスラーンはアルスラーンであり、もし王子にパルス王家の血が流れていないとすれば、王子は王家の呪縛と無縁であるということだ。

あるいは、それはすばらしいことではないのだろうか。

IV

エクバターナの城内では、水不足がいよいよ深刻化しつつあった。用水路が整備されていたころは、百万人の市民が水に不自由することなどなかったのだ。水を飲み、水をあび、汚物を下水に流す。道に水をまく。人間だけでなく、馬も羊も駱駝《らくだ》も、その恩恵にあずかった。だが、いまや、城内は半ば砂漠と化したようだ。

「王宮の大噴水をとめろ。もったいない」

ギスカールはそう命じたが、大噴水をつくった職人たちはルシタニア軍に殺されてしまっている。誰も噴水をとめることができない。

しかたなく大噴水をこわすことにしたが、工事の途中で水の管がはずれ、大量の水がむなしく地面に流れ出てしまった。地上にあふれた泥水を、兵士や市民が必死に壺《つぼ》や深皿でくみとっているのが王宮からも見えた。

「ボダンの亡霊めが。どこまでもたたりおるわ。奴が用水路をこわしていったばかりに。奴が水利の技術者たちを殺させたばかりに！」

歯ぎしりするギスカールのもとへ、今度は西から凶報がもたらされた。それは汚れ傷ついた敗残兵の列がもたらしたものであった。ゼリコ子爵が銀仮面の軍隊に殺されたというのだ。

「銀仮面の軍隊は、われわれの三倍はおりました。いったいどこから湧いて出たものやら」

「……ふむ、なるほど、そうであったか」

明敏なギスカールは、頭のなかにパルスの地図を描き、事態を理解した。ザーブル城から、銀仮面は軍隊を呼び寄せたのだ。何のために？　王都エクバターナをねらっているからに決まっているではないか。

「こいつは、うっかりエクバターナをあけてアンドラゴラスめと野外決戦するわけにはいかんぞ。狡猾《こうかつ》な銀仮面めに城を乗っとられでもしたら、よいもの笑いだ。とはいえ、こう水不足では、籠城《ろうじょう》してからが思いやられるな……」

相談する相手がいないものだから、このごろギスカールは、ひとりごとをいう癖がついてしまった。何とも景気の悪いことだが、しかたない。

一日、ひとりの騎士が王弟の激務の間を縫って、面会に成功した。

「王弟殿下、ようやくお目にかかることができて、うれしく存じます」

「おお、オラベリア卿か」

むろん顔と名はおぼえていたが、かつて彼に何を命じたか、とっさにギスカールは思い出せなかった。思い出しても、あまり心はずまない。

「御苦労であったな。だが、もはや銀仮面めの本心を探る必要もなくなった。奴とは完全に決裂したのだ。奴はどうせよからぬことをたくらんでいるのでな」

「そのことでござる。王弟殿下、銀仮面めがたくらんでおりましたのはじつは……」

「もうよいといっておる」

ギスカールは、めんどうくさそうに手を振って、騎士をさえぎった。

「オラベリアよ。おぬしにむだ骨を折らせたようで悪いが、もはやそれどころではないのだ。銀仮面の小さな行動など、どうでもよい。奴を殺す。奴がかかえている秘密など知ったことではないのだ。わかるな?」

王弟の両眼がオラベリアを見すえ、その口調はきびしいものになった。

「……は、わかりました」

それ以上はオラベリアも口にできなかった。まったく、ルシタニア全軍にせまる危機の巨大さを思えば、「パルス人どもが山中で何者かの陵墓《りょうぼ》をあばき、剣を掘り出した」ことなど、何の意義もないように思えた。それに、ドン・リカルドらの同行者を見すてて自分が助かったというひけ目もある。

オラベリアはギスカールの御前から退出した。そして、ギスカールのほうは、オラベリアのことなど、すぐ忘れてしまった。彼は信頼するふたりの将軍、モンフェラートとボードワンを呼びよせ、あらためて作戦について協議した。

エクバターナの厚く堅固な城壁がある以上、籠城するほうが有利であるように思える。だが、城内の水不足がこうも深刻になってくると、籠城もかならずしも上策とはいえない。いくら糧食が豊富でも、水がなければ無意味だ。暑熱の季節に、城をめぐる攻防戦がおこなわれ、そのとき水が不足すれば、戦死者の死体から屍毒《しどく》が発生し、疫病《えきびょう》が流行する。そうやって城が陥《お》ちた例は、歴史上にいくつもあるのだ。

もうひとつ軍事上の問題がある。いくら籠城しても、よそから援軍が来る可能性がないということだ。マルヤム王国にいるルシタニア軍が援軍として来てくれるなら、それと呼応して、パルス軍をはさみうちすることもできる。だが、いまマルヤムに援軍を求めたりすれば、いまいましいボダンが「それ見たことか」とせせら笑うことであろう。

よろしい、もともとおれひとりの力でここまで成しとげたのだ。これから将来《さき》のこともおれの手で処理してやる。おれの力がおよばぬとすれば、それは同時にルシタニアの歴史が終わるときだ。

病床でうめいている兄王イノケンティスのことを、ギスカールは考えなかった。もはや兄のことなど考えたくもなかったのだ。

「……ルシタニア軍が王都を占拠してより二百数十日。彼らは不当な楽しみをすでに充分に味わった。そろそろ彼らを宴《うたげ》の座より引きずりだし、彼らの家へ帰ってもらうべき時期だ。皆にも用意してほしい」

南方の港町ギランの王太子府で、アルスラーンがそう口を開いたのは、七月二十五日のことである。

事ここに至るには、多少かわった事情もあった。ギランにいるただひとりのルシタニア人、騎士見習エトワールことエステル。彼女は、王都に残してきてしまった傷病者たちのことを心配していたが、こうもいったのだ。

「おぬしにこんなことを頼める立場ではないが、どうかエクバターナへ進軍して、われわれの国王さまを助け出してもらえぬだろうか」

少女の依頼に対し、パルス人たちの反応は好意的ではなかった。

「たしかにこちらも頼まれる立場じゃないな。おれたちが王都へ進軍するのはルシタニアのためじゃなくてパルスのためだぜ」

ギーヴがいったが、彼が口にすると「パルスのため」ということばが妙に歯を浮かせるのだった。

「仮にそういうことになれば、おぬしらの国王は何をもって報いてくれるかな」

これはダリューンの問いである。エステルは返答した。

「われわれルシタニア人はパルスから出ていく。おとなしく出ていく。掠奪した財宝も、もちろん返す。そして二度とパルスの国境は侵さぬ。パルスの死者に対して謝罪もしよう」

するとナルサスが口をはさんだ。

「その約束は、内容はよいとして、約束する者が問題だ。残念だが、おぬしはルシタニアの国王でもなければ摂政《せっしょう》でもない。おぬしが約束してくれたところで、じつのところ銅貨一枚の価値もありはせん」

「国王さまはよい方なのだ。きっとわかってくださる。私が説得する」

「よい方のために、死ななくともよいはずのパルス人が百万人は死んだ。人柄の善悪など関係ない。行為の善悪が問題なのだ」

やや手きびしい調子で、ナルサスが事態の本質を指摘した。エステルは唇をかんでうつむいた。それを見て、アルスラーンは放っておけなくなった。権力を持つ者が自分の責任を自覚せず、責任を自覚する者には何の力もない。その矛盾をひとりでかかえこんでいるエステルが気の毒だった。だが、そうと口にしても、エステルを傷つけることになるだろう。

エステルを別室で待たせて、アルスラーンは、信頼する部下たちと話しあうことにしたのであった。

「狂信と偏見は、何よりも、その国の人間を害《そこな》う。そのことがルシタニア人にわかってもらえればいい」

アルスラーンの声は、一句一句を考え、吟味《ぎんみ》するひびきがある。

「ルシタニア人のすべてを殺しつくそうとは思わない。彼らがパルスから出ていってくれれば、それでいい。われわれパルス人は、ルシタニアまで攻めこんで、ルシタニア人の神を滅ぼそうとは思わない」

アルスラーンは片手をあごにあてたが、これは無意識の動作である。

「それに、エトワールの話を聞くと、ルシタニアの支配者たちも分裂しているようだ。われわれが乗ずる機会もあるかもしれぬ。いずれにしても、われわれは王都に攻めのぼるのだ」

そこで視線をナルサスに固定させる。

「ナルサス卿、王都をめぐる戦いに関して、おぬしには、私の父上とは異なる戦いの方法があるのだろう」

「おおせのとおりです、殿下」

「だとしたら、戦い終わって後の処理のしかたでも、父上とは異なるやりようがあるはずだ。それが結果として、エステルの提案と似たものになってもよいのではないだろうか」

アルスラーンがことばを切ると、一座を沈黙が支配した。暗い沈黙ではなかった。たがいの目を見かわし、口もとをほころばせる類の沈黙であった。やがてナルサスが心地よげに笑って一礼することで沈黙を破った。

「殿下の言、至上なりと存じます。かの騎士見習の申しようをもって、われわれの基本的な方針といたしましょう」

V

パルス暦三二一年七月末。国王《シャーオ》アンドラゴラス三世ひきいるパルス軍十万と、王弟ギスカール公爵ひきいるルシタニア軍二十五万は、王都エクバターナの東方で正面から衝突することになる。

アトロパテネの会戦以来、それは九か月ぶりのことであった。このとき、誰がどう見てもパルス軍が勝利するものと思われたのだが、結果は逆であった。今度は、はたして正しい結果が出るのだろうか。

ルシタニア軍の前衛八万は、かなりの速度で東進して、七月二十六日現在、エクバターナの東方二十ファルサング（約百キロ）の位置にある。西進してきたパルス軍の陣営と、二ファルサング（約十キロ）の距離をおいて夜営し、双方の盛大なかがり火は合計三万に達して、天上の星々が地上に移動したかと思われた。

「今宵《こよい》は風が強いな。明日はさぞ風塵《ふうじん》が舞うことであろう」

アンドラゴラス王がつぶやいた。「ジュイマンドの野」と呼ばれる地に宿営したパルス軍では、キシュワードが、国王《シャーオ》アンドラゴラス三世の御前に出て、最終的な作戦案を提出していた。

「ナルサスめが考えそうな策だな」

王の声に皮肉な調子があり、キシュワードをぎくりとさせた。だが、それは文字どおり単なる皮肉であったようだ。アンドラゴラスはそれ以上、何もいわず、キシュワードの作戦案を了承した。公平に見て、もっともすぐれた作戦案であったからである。

「キシュワード、おぬしはじつによく役だつ男だ。ほらを吹いては鯨飲馬食《げいいんばしょく》するだけのクバードと雲泥の差といえるな」

「クバード卿は、胆力《たんりょく》といい、兵を統率する力量といい、えがたい武人と存じますが」

「そう思えばこそ、予もあやつを万騎長《マルズバーン》に任じたのだ。だが、はたして正しい人事であったかな」

国王《シャーオ》の懐疑はともかく、パルス軍は、両万騎長《マルズバーン》の主なる指揮のもとに戦いに臨んだ。パルス軍としては、ルシタニア全軍が到着する前に、その前衛部隊を撃破しておきたかった。その勝利によってルシタニア軍を逆上させ、判断力を狂わせ、兵力を逐次《ちくじ》投入させることができれば、もっけのさいわいであった。

ルシタニア軍の前衛部隊を指揮するボードワン将軍は、偉大というほどではないにしろ有能な武将で、王弟ギスカール公にとってはたいせつな切札の一枚だった。もう一枚の切札はモンフェラートである。もしこの両者がいなくなれば、勇敢な騎士はたくさんいるにしても、大軍を指揮統率する力量のある将軍は、ルシタニア軍には存在しなくなる。そうなれば、いよいよギスカール自身で軍を指揮するしかないのだ。

ボードワンがひきいる軍は、騎兵一万五千、歩兵六万五千。パルス軍の全兵力にはやや劣るが、ほぼ互角の勝負をすることができるはずだった。

エクバターナの城壁から出てきた以上、ルシタニア軍にも計算がある。彼らは追いつめられてはいたが、その戦力は、アンドラゴラス王とアルスラーン王子と銀仮面ことヒルメス王子を合計したより多いのだ。この大兵力を生かし、みっつに分裂したパルス軍を、つぎつぎと各個撃破していけばよい。それこそが軍略の正道というべきである。

パルス軍のほうで、重要な役割をおおせつかったのはトゥースであった。

トゥースはまったく役に立つ男だった。トゥラーン軍を相手とした作戦でも、彼はナルサスに信頼され、パルス軍の勝利に貢献したのである。

今回もそうだった。トゥースは軽装の騎兵三千をひきいて先発したのである。目的はルシタニア軍の陣列を変形させてしまうことであった。

この数日、大気は乾き、風が強い。大陸公路は風塵の乱舞するなかにあった。太陽は風塵の膜をとおして、古い黄玉《おうぎょく》のように見えた。

パルス軍の一部が突出し、ルシタニア軍に矢をあびせてきた。それが始まりだった。敵の動きが連係を欠いているように見えたので、ルシタニア軍はたくみに動いて、それを包囲しようとした。するとパルス軍は退く。二十回をこえる進退のくりかえしの末、ルシタニア軍は、まるで舌を出すような形で突出し、パルス軍を蹴散らした。蹴散らしてさらに前進し、ボードワンのもとには勝利を告げる使者がやってきた。

「勝ち誇るな、ばかめ。すぐ撤退して、もとどおり陣形を建てなおすのだ」

使者に対して、ボードワンはどなりつけた。賞賛されるものと思いこんでいた使者は、おどろきと不満の表情を浮かべた。

使者には、大軍略というものがわからぬ。戦闘をまじえて相手が逃げれば勝ちだと思っている。ボードワンとしては長々と説明する気にもなれず、どなりつけ、陣形を建てなおさせるしかなかった。

各個撃破の大軍略は、兵力を集中させてこそ意味がある。残り十七万の本隊が到着するまで、陣を固めておかねばならなかった。

だが、ボードワンのすばやい指示でさえ、状況の激変についていけなかった。ルシタニアの軍列は幅を失って前後に伸び、変形してしまっていたのだ。

突然、右方の兵列がくずれたった。ボードワンが陣形の再編を命じる間もない。

「パルス軍だあ！」

絶叫があがり、にわかにやんだ。短い、おそろしい沈黙の後に、それよりおそろしい音が湧きおこった。パルス語の喊声《かんせい》。馬蹄のとどろき、むらがりたつ敵勢の先頭に、ボードワンの視界は、燦然《さんぜん》たる甲冑の偉丈夫を見た。

「ア、アンドラゴラス王……！」

ボードワンは臆病者ではない。だが、風塵をとおして薄刃のようにひらめく陽光のなかに、パルス国王《シャーオ》アンドラゴラス三世の姿を見出したとき、甲冑の下に鳥肌がたつのを自覚した。国王みずからが、危険きわまりない先陣に立って、敵と勝敗を決しようとは。自国の王と比較する気にも、ボードワンはなれなかった。

「これは勝てぬ」

戦いにのぞむ武将にあるまじき思いが、ボードワンをとらえた。だが、名誉と義務を重んじる心が、かろうじて敗北感をねじ伏せた。他のルシタニア騎士と同じく、ボードワンは異教徒に対しては無慈悲であったが、ルシタニア軍の指揮者としては、りっぱな男であった。

「アンドラゴラスを殺せ！　奴を討ちとればパルス軍は潰《つい》えるぞ。呪われた異教徒の王を地獄にたたきこめ！」

そうどなり、突撃を命じた。いろめきたつ味方を見て、さらにどなった。

「アンドラゴラスの首をとった者には恩賞を与える。パルス金貨五万枚だ。王弟殿下に申しあげて伯爵の位ももらってやるぞ。それに領地だ。パルスの美女もだ。おぬしらの勇気で、おぬしらの栄光と幸福を勝ちとれ！」

激励は成功したようだった。欲望が勇気を力づけ、ルシタニアの騎士と兵士たちは肉食獣のような咆哮《ほうこう》をあげた。剣を振りかざし、槍をしごき、馬の腹を蹴って突進する。

両軍は激突した。

すでに風塵《ふうじん》によって変色した太陽は、舞いあがる人血によって毒々しい暗赤色と化した。それほどの激闘であった。パルス人もルシタニア人も、勇気と敵愾心《てきがいしん》のかぎりをつくして殺しあった。とびかう矢が頭上の空間を埋めつくし、槍と槍がからみあい、剣と剣が音高く撃ちあわされる。振りおろされる戦斧《せんぷ》が頭蓋をたたきわり、彎刀《わんとう》が頸《くび》を両断し、悲痛な声を発して横転する馬の背から血まみれの騎手が投げ出される。人間の狂気が馬に伝染し、たけりたつ馬どうしが歯をむきだして相手の長首にかみつく。

「邪悪な異教徒どもを皆殺しにしろ！」

「ひるむな、戦え、侵掠者を斃《たお》せ！」

ルシタニア語とパルス語の叫びが入り乱れ、その声は大量の血によってむくわれた。

黄色い太陽が西にかたむくまでの間、どちらが勝ちつつあるか、まるで判断がつかなかった。両軍の戦士がことごとく死に絶えないかぎり、殺しあいは永劫《えいごう》につづくかと思われた。だが、事実は、冷徹な計算にもとづいてパルス軍はルシタニア軍の陣列を変形させ、指揮系統を乱し、追いつめつつあったのである。

ルシタニア軍の破局は、左翼からおとずれた。

この方面のルシタニア軍は、不意に出現したクバードの指揮する騎兵部隊に、左からの横撃《おうげき》をくらい、たちまち潰乱《かいらん》状態におちいった。

クバードは、条件に応じた戦闘のやりかたをよく心得ていた。この場合、力と勢いと速度をもって敵を突き、そのまま引き裂いてしまえばよい。小細工を弄《ろう》する必要はないのである。命令するというより、クバードは、部下をけしかけた。

「たたきつぶせ！」

そうどなると、片目の偉丈夫は乗馬をあおってルシタニア軍のただなかに躍りこんだ。たちまち乱刃が彼の周囲にむらがる。

クバードは剛槍《ごうそう》をひらめかせて、ルシタニア軍でも高名な騎士であるオルガノを突き殺した。オルガノの弟であるジャコモが兄の死を見て復讐心《ふくしゆうしん》に駆られ、大剣をふるって撃ちかかった。クバードはオルガノの死体から槍を引き抜くと、突進してくるジャコモにむかって水平に突き出した。ジャコモは自分からおそるべき槍の穂先に衝突した。すでに兄の生命を奪った槍は、弟の胸甲を突き割り、胴をつらぬいて背中へぬけた。

「めんどうだ、戦斧《せんぷ》を貸せ」

死体と化して地上へ転落するジャコモには目もくれず、従兵の手から戦斧をもぎとる。今度は戦斧がひらめきとうなりを発し、クバードの周囲に血の暴風を巻きおこした。

ルシタニア兵から見れば、クバードの豪勇は、異教の魔神がとりついているとしか思えなかった。勇気がくじけると、迷信的な恐怖がとってかわった。ルシタニア兵は、神の加護が自分の身におよばぬことを歎《なげ》きながら、剣をひいて逃げ出した。クバードは悠然と兵をさしまねき、大きく前進して、ルシタニア軍の中央部に血の色をした巨大な楔《くさび》をうちこんだ。

混乱と非勢のなかで、ボードワンは必死に味方を指揮していたが、いつか彼の本営にまでパルス軍は肉迫していたのだ。彼にむかって、すぐ近くからパルス人の声が投げつけられた。

「ルシタニア軍の主将か」

その声は質問というより断定であった。息をのんで、ボードワンは相手を見やった。馬上ゆたかな甲冑姿は、パルス軍の頭《かしら》だつ将軍であることは明らかだった。漆黒のみごとなひげをたくわえた男だ。何よりも印象的であったのは、両手に剣をかまえていたことである。背筋に戦慄をおぼえつつ、ボードワンは自らをはげますように大声を発した。

「ルシタニア軍にその人ありと聞こえるボードワン将軍とは、おれのことだ。異教徒よ、おぬしの名は何というか」

「キシュワードという。双刀将軍《ターヒール》でもよい。いずれにしても、おれがここにいるのは、おぬしらルシタニア人から返してもらうためだ」

「返せとは何を？」

「アトロパテネでおぬしらが盗んだ勝利をだ。おぬしらは戦士にあらず、盗賊にすぎぬ。ちがうというなら勇気によってそれを立証せよ」

ここまでいわれては、ボードワンは逃げ出すわけにはいかなかった。ルシタニア騎士としての名誉が彼を縛った。ボードワンは刃こぼれした剣をすて、従者の手から戦斧をひったくった。馬腹を蹴ってキシュワードに斬ってかかる。二本の剣と一本の戦斧が宙で撃ちあい、流星雨のごとく火花を降らせた。馬が円を描いて駆けまわり、その一周ごとに数度の刃鳴りを生んだ。正確に十周めで勝負はついた。キシュワードの左の剣が、ボードワンの戦斧を持つ手を斬り飛ばし、右の剣が頸《くび》すじをつらぬいたのだ。鮮血が弧を描いて地上へ飛び、そのあとを追ってボードワンの死体が鞍上から転落していった。

「ボードワン将軍が討たれた！　戦さは負けだ」

「逃げろ、もうだめだ」

ルシタニア語の叫びが戦場を飛びかった。ルシタニア軍の半数が主将の死を知ったとき、彼らは音をたてて波うち、どっとくずれたった。戦意を失い、秩序をすて、恐怖と敗北感に背中を突きとばされながら、ルシタニア将兵は逃げくずれていったのだ。

「引き返せ！　戦え！　それでもルシタニアの騎士か」

「神の誉《ほま》れのために生命《いのち》を捨てろ。恐れるでない」

そのような声もあがったが、逃げくずれるルシタニア軍に対して、さしたる効果はなかった。指揮の統一と、戦意を失った軍隊は、もはや軍隊ではなかった。味方をすて、甲冑をぬぎすて、剣や槍を放り出し、戦友の馬を奪って、ルシタニア人たちは逃げた。西へ、落日の方角へ。

「追撃せよ。一兵も余すな」

キシュワードは、きびしく命じた。「逃げる敵は逃がしてやれ」というような余裕は、現在のパルス軍にはない。ここでひとりのこらずルシタニア兵を討ちとったとしても、まだルシタニアの残存兵力はパルス軍の二倍に近いのである。ひとりでも敵の数をへらし、生き残った敵に恐怖と敗北感を植えつけなくてはならなかった。

逃げまどう敵の背に、パルス軍は追いすがり、無慈悲な殺戮《さつりく》の刃を振りおろした。絶鳴と血煙が湧きおこり、乾ききった草は人血と涙によってうるおされた。

この日、ルシタニア軍の名だたる貴族や騎士が、数おおく戦死した。

ロレンソ侯爵という人物は、馬にまで黄金の鎖甲《さこう》を着せるという、はでな軍装が人目をひき、パルス軍の若い勇将イスファーンに追いつかれて、ご自慢の宝石飾りの甲ごと、槍につらぬかれてしまった。イスファーンは侯爵の首をとり、彼の部下は飛びちった宝石をひろい集めて思いもよらぬ報酬をえた。ボードワンの副将格であったバラカード将軍は、トゥースの鉄鎖で顔面を撃ち砕かれて討死《うちじに》した。

こうして最初の大規模な戦闘は、パルス軍の勝利に終わり、ルシタニア軍は二万五千の兵を失った。兵士の損失はともかく、ギスカール公が信任するふたりの有力な将軍のうち、ボードワンが戦死したことは、大きな衝撃であった。

逃走の旅をつづけてきた兵士たちから、王弟ギスカール公は無惨な敗報に接した。七月三十日のことである。モンフェラート将軍と目を見かわしたギスカールは、一言の感想ももらさなかった。ぎらりと両眼を光らせ、歯をかみしめただけである。モンフェラートは敗残兵を収容し、部隊を再編して、来《きた》るべき決戦にそなえた。

……このとき、南方海岸から急速度で北上した王太子アルスラーンの軍二万五千は、王都エクバターナまで五十ファルサング（約二百五十キロ）の距離にあった。また、王都の西方に潜んだヒルメス王子の軍三万は、十六ファルサング（約八十キロ）の距離をへて、城内に突入する機会をうかがっている。そしてふたりの王子は、たがいの軍勢が同じ目的地へ向かっていることを、まだ察知できずにいた。

ルシタニア国王イノケンティス七世が重傷の床にある現在、パルスの支配権をめぐるすべての勢力が、王都エクバターナという地図上の一点に向けて突き進みつつある。

歴史はふたたび変容しようとしていた。

解説

池澤春菜《いけざわはるな》
（女優／エッセイスト）

ページをめくった途端に、目の前に世界が広がる。

そんな本に出会えたら、それはとても幸せなこと。

前巻『征馬孤影』のラストで、まさかの追放の憂き目にあったアルスラーン。

第六巻『風塵乱舞』は、翻って敵方、ギスカールから始まります。前巻の終わり方を考えれば、敵だけどどこか憎めない苦労人ギスカールより、アンドラゴラスの方が立派に敵っぽいですけどね。

田中芳樹先生の描く登場人物は、どれも厚みがあって、魅力的。敵だけど、敵なりの主義主張が、思いがあって動いている。その考えに共感することはできないけれど、でも一個の人間として理解はできる。なので、ギスカールも、地下でウゾウゾしている魔道士も、なんとなく出てくると嬉しくなっちゃうんです。あ、しばらく出番なかったけど、ちゃんと元気にしてたんだね、と。

さて、そんな魅力的な敵や、さらに魅力的な味方に隠れてすっかり影の薄い、我らが主役アルスラーンは、といえば。

アンドラゴラスに命じられた五万の兵を揃えるために、孤影悄然と南方へ……と思いきや、いつものメンバーが足下に馳せ参じ、いつも通りの賑やかな旅路。むしろ前巻のように大群を引き連れていない分、のんびりのびのびとしているかもしれません。

港町ギランに赴いたアルスラーン、軍を興《おこ》すには先立つ物が必要、とやおらお金儲けを始める。ここらへんがなんともリアル。号令一下、兵士がワラワラと集まる、なんて人望、まだまだアルスラーンにはありませんものね……だとしたら、困った時のお金頼みです。「それにしても、万事、先だつものは、金銭だ。（中略）金持ちからふんだくる、というのが効率的にもよいのである」と本文にもしっかり書いてあります。お金、大事。

ひょんなことから乗り出した海賊退治、ナルサスの旧友との再会、気になるダリューンの過去は匂わされるわ、ギーヴは放蕩三昧だわ、アズライールは美味しいところもっていくわ……あれ、この六巻、何かが今までと違うぞ。この感じ、何かに似ている……あ、そうだ、これって……。

水戸黄門です。

まるっきり黄門様漫遊記じゃないですか。

さしずめ、角さんがダリューンで、助さんがナルサス（女心にはうといけど）。

かげろうお銀は文句なしファランギース（入浴シーンは期待できませんが）。

うむむ……となると、うっかり八兵衛はギーヴか。怒られるかなぁ……じゃ、飛猿で。

風車の弥七がジャスワント。

エラムが鬼若なのはちょっとゴツすぎるけど仕方ない。アルフリードはアキ、設定的にもピッタリ。

やだどうしよう……きれいにはまりすぎちゃいました。

でも、田中先生ご自身も、もしかしたらどこかで意識しながら書いてらっしゃったんじゃないかなぁ。前巻で大軍をどっさり動かしましたから、六巻は閑話休題。私の中ではすっかり、アルスラーンご一行様による世直し漫遊記という位置づけになっています。

次巻で終わる第一部、お肉料理の前のお口直しのソルベ的な役割かも（読み応えはもちろんお肉料理に負けておりませんが）。


本を読むことは、扉を開けることに似ている、と思います。

表紙は、そのまま扉。どんな素材で、どんな作りで、どんな取っ手がついているのか。

開きやすいか、意外と重いのか。

アルスラーン戦記のページを最初に繰ったときのどきどき。

その瞬間に扉の奥からぶわっと風が吹いてきて、気がついたら物語の中に取り込まれる。

今でも思い出す、あの時の、目の前に広大な世界が広がった瞬間の鳥肌。

行ったことのない場所、行ったことのない時代、距離も時間さえも超えて、本の中ならどんな経験だってできる。


ギリシャで生まれて、ミクロネシアのポンペイ島が田舎、イギリスとタイに留学していた私は、たぶん人より多少は異国の経験値があるかもしれません。

三歳前後までいたギリシャですがその後なかなか訪れる機会もなく、はじめて里帰りしたのは2004年のアテネオリンピックの時。NHKの取材で。

うん十年ぶりの帰郷、何も覚えてないだろうと思っていたけれど、一歩ギリシャの町に出た瞬間にあらゆる感覚が一気に蘇りました。

びっくりした。

あまりの感覚に、興奮して母にメールをしました。

『私、ここにいた!!　この匂い覚えてる!!』

埃の匂い。人の匂い。オレガノやマスティハといった各種のスパイスの匂い。ギリシャの空気を、三歳の私はしっかりと記憶に焼き付けていた。

留学先のタイで見た不思議な光景も、一枚の写真のように心に残っています。バンコクから汽車で20時間、マレーシアとの国境近くのヤラーという小さな街が、私のステイ先。鶏のケージと一緒に寝台車に乗って夜通し旅をした。次第次第に募っていく「大変なところまで来てしまった」という思い。

その時、車窓から見た景色。どこまでも広がる一面の緑、水墨画のような奇岩がところどころ突き出ている。先ほどまで土砂降りだったスコールが不意に止んで、厚い雲から光の柱が地上に降りてくる。

聞こえてくるのは未だ何も理解できない異国の言葉、夜通し鶏が大騒ぎしていたので一睡も出来ず、不安と後悔とだけが募る。今までの生活とのあまりのギャップにどこか夢を見ているようだった私に、その光景が「異国に来たんだ、自分一人でやっていくしかないんだ」という覚悟を決めさせたのかもしれない。

あるいは、子供の頃、毎年のように夏休みを過ごしていたポンペイ島。朝、無人島まで船で送ってもらい、夕陽と共にお迎えに来て貰う休日。ハンモックに揺られながら、海の塩で粉を吹いた手で食べる、アルミホイルに包んだ大きなおにぎり、スパムの塩気、なぜかいつも添えられていたきゅうりのキューちゃんの味。

アルスラーン戦記を読んでいると、行ったことのないはずのペルシアの情景がまざまざと見えてきます。風の匂いや、日差しの過酷さ、海の色、食べ物の風味まで。そこに生きている人達の声と共に、再現される。もしかしたら、一番の主役は、この世界そのものなのかもしれません。

アルスラーン戦記と出会った小学生の私は、子供ならではの集中力で物語の中に飛び込み、物語を味わい、物語を体験し、物語の中を旅していました。

剣も使えないし、弓なんて持ったこともない、作戦も立てられないけれど、ページを開いている間、私は確かに彼らの旅の仲間でした。

大人になって再び彼らとともに旅ができる幸せ。

私も、そして今この本を手にとっているあなたも、アルスラーンの旅の仲間です。物語はこの後一気に加速していきますが、まずは一息、アルスラーンご一行の世直し漫遊記を楽しみましょう。

ポジション？　……唯一空いている、うっかり八兵衛でしょうかねぇ、やっぱり。

＊追記＊

なんてことを書いておいて、大変恐縮なのですが。

この解説を書かせていただくために、アルスラーン戦記を数年ぶりに再読いたしました。ほどよくあれこれ忘れた頃合い、新鮮な心持ちで読んでいたのですが、あるページまでいったときに、強烈な既視感が。

とあるキャラだけが、めちゃくちゃ鮮明に記憶に焼き付いておりました。

それは。一番人気であろう、黒衣の騎士ダリューンではなく。二番人気かもしれない、宮廷画家にして天才軍師ナルサスでもなく。トリックスターのギーヴでもなく。かっこいい女性大好き、でもファランギースではなく。おじさま大好き、でもキシュワードでもなく、生意気な少年は良いものですが、エラムでもなく。生意気な少女も良いものですが、アルフリードでもなく。かといって、主役のアルスラーンですらない。

アズライール。

繰り返します、アズライールでした。

鷹でした、鷹。

並み居る魅力的な登場人物を差し置いて、鷹。一言も喋らない、鷹。

大丈夫か、私。

三つ子の魂百まで、この物語を読んで一番鷹にときめいていた小学生が大人になったところで、何をか言わんや。

案の定な人生を歩んでいます。

でも、アズライールちゃん、可愛いよね。

●一九八九年九月　角川文庫刊
●二〇〇三年八月　カッパ・ノベルス刊（第五巻『征馬孤影』との合本）

光文社文庫

風《ふう》塵《じん》乱《らん》舞《ぶ》 アルスラーン戦記《せんき》⑥
著者 田《た》中《なか》芳《よし》樹《き》

2014年6月20日 初版1刷発行
2016年4月30日 11刷発行

発行者 鈴木広和
印刷 豊国印刷
製本 ナショナル製本

発行所 株式会社 光文社
〒112-8011 東京都文京区音羽1-16-6
電話 (03)5395-8149 編集部
8116 書籍販売部
8125 業務部

ISBN978-4-334-76760-0 Printed in Japan

組版 豊国印刷

お願い　光文社文庫をお読みになって、いかがでございましたか。「読後の感想」を編集部あてに、ぜひお送りください。
このほか光文社文庫では、どんな本をお読みになりましたか。これから、どういう本をご希望ですか。どの本も、誤植がないようつとめていますが、もしお気づきの点がございましたら、お教えください。ご職業、ご年齢などもお書きそえいただければ幸いです。当社の規定により本来の目的以外に使用せず、大切に扱わせていただきます。

光文社文庫編集部